Un submarí
a les estovalles

Llibres guanyadors del Premi Pere Quart d'humor i sàtira

Auques i epantalls. Miquel Desclot (1987)
Un submarí a les estovalles. Joan Barril (1988)
Bla, bla, bla.... Ignasi Riera (1989)
La propina. Enric Larreula (1990)
Manual del perfecte escriptor mediocre.
Ramon Folch i Camarasa (1991)
Les Tres Glorioses. Nèstor Luján (1992)
Vacances al Zurich. Anna Vila (1993)
La casa a mida. Jan Baca (1994)
No la saps, aquesta? Lluís Permanyer (1996)
El nom del porc. Albert Om (1997)
L'home que no volia avorrir les dones. Paco López Diago (1998)
Criatura i Companyia. Carles Capdevila (1999)

1a edició: novembre 1988
31a edició: març del 2000

Edicions La Campana. Balmes 65, 4t 1a
08007 Barcelona
Tel. 93 453 16 65 / Fax. 93 451 89 18

Disseny: Susanna Ullibarri
Foto portada: Gustau Nacarino
Foto contraportada: Lluïsa Aran
ISBN: 84-86491-22-3
Dipòsit legal: B. 15.426 - 2000
Imprès a Romanyà/Valls. S.A., Verdaguer, 1 - Capellades

Joan Barril

Un submarí a les estovalles

Premi Pere Quart
d'humor i sàtira
1988

Patrocinat per

Ajuntament de Sabadell

EDICIONS
La campana

El jurat format per Joan Blanquer, Feliu Formosa, Isabel Martí, Sílvia Oliver i Vicenç Villatoro acordà el dia 13 d'octubre de 1988 atorgar al llibre *Un submarí a les estovalles*, de Joan Barril, el Premi Pere Quart d'humor i sàtira 1988, patrocinat per l'Ajuntament de Sabadell.

Potser va ser aquella setmana de pluges eternes que van deixar l'obra totalment enfangada el que el va decidir a anar-se'n de París i tornar cap a casa. Ja n'estava tip de ser l'únic de tota la colla a qui tocava baixar al toll a buscar les eines que queien de la bastida. O potser va ser aquella iaia histèrica quan va començar a cridar a l'autobús de la *banlieue* que l'havien robat i que l'havien robat i tot l'autobús el va mirar amb mirada de jutge sense manies.

Rachid Taleb no havia robat mai ningú i a canvi mai ningú no l'havia cregut. Des que era petit, quan amb els seus pares van arribar a França, primer a Nimes, després a París, on semblava que el ram de la construcció els esperava, fins aleshores mateix quan aquest ram el desesperava, Rachid s'havia sentit el blanc de tots els dits acusadors de la França benpensant i postalgeriana. El seu pare, poc abans que li caigués una formigonera al damunt, li havia donat unes quantes lliçons sobre com sobreviure a l'insult callat de la mirada francesa sense haver d'ensorrar la mirada magribí a la punta de les sabates. Aleshores Rachid tenia catorze anys. I mentre estava palplantat a la porta de l'hospital esperant que els metges recuperessin l'últim fragment de formigó d'entre les vísceres del senyor Taleb, Rachid encara va haver d'escoltar com els infermers deien que el seu pare havia mort a ganivetades, perquè ja és sabut que els *pieds-noirs* sempre tenen la faca a punt.

A vegades buscar-se la vida és saber callar a temps. I Rachid, navegant diàriament del *bidonville* fins a l'obra, pels canals humans del metro, va aprendre ben aviat l'eloqüència dels silencis. En una civilització eminentment verbal com l'europea, un silenci sostingut i subratllat amb la mirada del que hi sent, pot fer trencar les cristalleries més fines com no ho faria el pinyol d'una soprano. Rachid, doncs, va omplir la intensíssima vida que va dels catorze als vint-i-cinc anys amb l'aprenentatge de la música del silenci. Una música que a vegades tenia la virulència dels himnes militars i a vegades l'energia dels discursos parlamentaris. Algú havia dit a Rachid que a la pàtria dels seus pares, allà baix a Ouarzazate, entre el Gran Atles i el desert, hi ha gent que sent avançar les dunes i que sap discernir el caminar dels escorpins sota la sorra. És la poesia silenciosa d'una natura que, a la nit, només admet el lladruc dels gossos, el plany dels nens i la veu del muetzí cridant a l'oració. Rachid no tenia res a veure amb els nostàlgics que es posaven a plorar sobre els gots de te a la menta. Era dels qui estaven disposats a fer-se una posició en aquella ciutat de la llum que era allà, a deu parades de metro. Però alguna vegada, darrerament, s'havia despertat amb un regust de dàtil a la gola i una melangia desconeguda l'havia mantingut despert davant les fotografies del prospecte d'una agència de viatges que incitava els francesos a passar les vacances més excitants de la seva vida en companyia d'aquells primitius i nobles cavallers del desert. Ell era d'aquests, doncs. Primitiu i noble i cavaller. Aleshores s'imaginava solcant les dunes i travessant els *ouads* ressecs i enlluernant les franceses insatisfetes que l'estimarien fent-lo penetrar pel forat gèlid d'una Nikon. I deixar-se endur.

Potser no va ser ni la pluja a l'obra ni la sospita de l'autobús el que va decidir Rachid a fer les maletes. Potser una estranya nostàlgia de silenci se li va arrapar al coll aixecat de l'americana vella mentre passava la sirena estrident dels *flics* cristians carregats de moros cap a la prefectura. París ja no era una festa, aquells dies. Atemptats indiscriminats havien provocat una dotzena de morts i molts ferits. La policia buscava els amics d'un tal Abdallah, al qual els jutges francesos demanaven segles de presó. Les bombes urbanes havien deixat el Líban i s'havien instal·lat als carrets dels supermercats i als salers dels restaurants. Els parisencs havien començat a mirar les escaroles amb terror i s'estimaven més menjar un *croque-monsieur* davant la tele de casa seva que no pas jugar-se la vida davant d'un *plateau de fruits de mer*.

Però després dels primers pànics van venir les primeres ires. Amb una policia que no sabia per quin carnet d'identitat començar, la pell morena va ser la primera pista. I Rachid va haver de conèixer, una vegada més, la mà d'un policia escorcollant-li l'entrecuix a la recerca d'estranyes bombes amb l'espoleta retardada de la humiliació. I no eren únicament els polis els qui l'estaven invitant a tornar al desert. Va començar a percebre gestos d'hostilitat en les maniobres més quotidianes. Ara al supermercat li regiraven la bossa. La taquillera del metro li tornava el canvi en incòmodes monedes de vint cèntims. En un parc públic dos gossos dobermann entrenats, sens dubte, per atacar pells fosques el van perseguir sota la mirada complaent de l'amo. Les cambreres dels *bistrots* ja no li somreien. Fins i tot un guàrdia urbà el va multar per travessar caminant un pas de vianants en vermell. I quan els guàrdies urbans comencen a multar la gent que va a peu és com si l'aire fos de lloguer i no es pogués pagar.

Va ser per aquests dies quan va ploure tant i la brigada havia d'esperar que escampés a la barraca del vigilant nocturn de l'obra. Gairebé tots eren estrangers, però del pitjor dels estrangers possibles. Tres algerians amb nacionalitat francesa, dos senegalesos i un txadià constituïen la resta de la tropa del *chantier*. El vigilant tenia una televisió petita i des d'allà Rachid va veure, durant les tardes humides d'inactivitat forçada, com un compatriota, un tal Aouita, humiliava francesos i alemanys a base de donar moltes voltes a un estadi d'atletisme i arribar primer que ningú.

Ell també corria molt i molta estona. Ho havia comprovat competint amb els companys els pocs anys que havia anat a escola corrent el quilòmetre que hi havia entre els barracons del Lycée i casa seva. Tenia bones cames i unes ganes irrefrenables de guanyar. Això era el que importava. O se surt a guanyar o, per quedar segon, més val plegar. Aquest Aouita ja es veia per la tele que només sortia a guanyar. Per això guanyava. I no únicament medalles. «L'Équipe» havia publicat els guanys dels corredors i entre una cosa i l'altra la xifra marejava. Quan arriben a un cert nivell els corredors cobren per tot. Et poses una samarreta i el compte corrent s'engreixa. Només per posar-te una samarreta. I pots triar la samarreta que et posaràs perquè la gent fa cua amb el talonari a la mà i et demanen que duguis la seva, de samarreta.

Potser per això, perquè arribés un dia en què li compressin la roba a trossets i que li demanessin les coses per favor, Rachid Taleb va decidir pujar al primer tren del sud. A la maleta, ben poca cosa de valor. El vestit gairebé nou que feia onze anys havia estrenat el seu pare i unes sabates esportives, d'aquelles que corren soles i que converteixen els corredors en centaures i els aplaudiments en empentes endavant.

Quan creuava la frontera de Port Bou i el policia espanyol li va preguntar la seva professió, Rachid li va contestar: «Atleta.» El policia va apuntar «paleta» a la fitxa d'entrada, i va ser una manera com una altra de començar una llarga cursa que ben aviat sortiria dels estadis de la imaginació. Allà a baix, a la seva casa de Kenitra, el gran *recordman* marroquí Saïd Aouita començava a tremolar dalt del seu pòdium.

Tots els barris que envolten les estacions de tot el món tenen a prop hotels sòrdids, bars de llums vermelles, taxistes amb poques ganes de treballar i una indefinible sensació de provisionalitat permanent, com si allò que ara és una estació hagués estat fa temps un port fluvial o una parada de diligències. La qual cosa vol dir que les estacions i els barris que les envolten tenen més a veure amb l'escenografia que no pas amb la realitat, i els personatges que es mouen per aquests àmbits duen, en la seva majoria, un paper per interpretar que hereten de generació en generació. Precisament és aquesta constant representació la que fa que tot allò que passa a prop d'una estació sigui perfectament previsible. Per la cara es veu qui agafarà el tren en el darrer moment o qui, en canvi, es quedarà palplantat a l'andana. Els observadors bregats saben discernir de quin color seran els cabells de les noies que els nois esperen des de mitja hora abans de l'arribada prevista del comboi. I també poden concretar quin d'ells esperarà inútilment. Aquests experts en estacions són capaços d'identificar els policies secrets i els gàngsters internacionals, les prostitutes de llarg recorregut i els militars desertors, la dona que se'n va de casa a l'encalç d'un amant llunyà i el marit banyut que segueix la dona de l'amant llunyà. Un microcosmos ordenat i dinàmic com el d'una estació de tren, precisament per l'antiga tradició ferroviària d'Occident, no pot desordenar-se mai. Per aquest motiu allò que en altres àmbits seria un daltabaix de la rutina, en una estació de tren no és altra cosa que la petita espurna d'anormalitat necessària per garantir l'equilibri.

O sigui, i amb altres paraules, que només Rachid Tableb, amb el cap entre les mans i assegut en una de les graonades que donen a l'estany del parc proper a l'estació de Sants, va ser l'únic que es va sorprendre amb tota l'angoixa que se sent quan t'acaben de robar la cartera amb bitllet i diners i documentació. I mentre es tornava a girar les butxaques i a remenar la bossa de mà per vintena vegada no s'adonava que acabava d'entrar en el gran quadre d'actors de l'estació i que també ell estava representant el galdós paper d'estranger robat tan bon punt havia baixat a l'andana.

Robat. Li venia a la memòria la cara de la vella francesa que l'havia fet baixar de l'autobús amb la sospita penjada del coll encara no feia quinze dies. Es va sentir ridícul mirant fit a fit els passejants que aquell matí circulaven pel parc de l'estació. Segur que algun d'ells tenia a la butxaca el bitllet de tren que l'havia d'acostar a ser el successor de la glòria d'Aouita, els seus francs impresos amb ciment de l'obra, el passaport que li havia d'obrir les portes del país dels avantpassats. Segur que l'estava vigilant des de lluny i se'n fotia. Segur que ara estava fent barquets de paper amb el seu bitllet de tren (a qui l'interessa anar de Barcelona a Kenitra?) i pensava quin destí podria donar al passaport (a qui l'interessa un passaport marroquí?). De sobte Rachid va sentir una fam immensa. I va ser aleshores quan va començar a estar convençut que mai més no recuperaria la seva cartera. En aquestes coses de diners perduts o robats, tant se val, la panxa és un òrgan més clarivident que la raó.

Tenir diners o no tenir-ne vol dir canviar instantàniament de manera de caminar. Rachid havia baixat del tren de Port Bou com un atleta i ara anava ciutat enllà com un pobre veremador tornant d'una mala collita. Els cinc sentits se li havien trasbalsat des de la desgràcia. La vista se li emboirava i era incapaç de distingir un carrer d'un altre (al cap i a la fi tampoc no sabia on anar). El tacte continuava frustrant-se en l'erma fregadissa dels folres interiors de les butxaques. El gust se li havia tornat aspre com si tingués la boca plena d'olives verdes. L'oïda anava recollint sons inintel·ligibles que tan aviat semblaven francès com portuguès. Quedava l'olfacte. I Rachid va copsar amb alarma que l'olfacte se li havia desbocat i estava en plena activitat. Era, però, un olfacte selectiu que es negava a percebre els aires de clavaguera per concentrar-se només en les bones olors de pastisseries, restaurants i mercats que Rachid anava trobant en el seu peregrinatge sense objectiu. Era l'olfacte dels afamats. Aquell que agafa les aromes més volàtils i les converteix en neguit, passió i fins i tot crim. Com més avançava en direcció al centre de la ciutat la simfonia de flaires el submergia en un estat de desesperació creixent. Recordava coses llegides sobre vagues de fam i travessies del desert. Són els primers dies els més dolorosos, després l'estómac s'encongeix i la fam passa millor. Però Rachid no podia estar-se donant voltes per una ciutat desconeguda a l'espera del previsible encongiment de l'estómac. Menys encara quan aquella ciutat s'estava mostrant com una immensa cuina de vapors deliciosos que il·luminaven els carrers acompanyats per la brillantor de les vaixelles.

Va arribar a una gran plaça plena de sol i de coloms afartats de veces. Es tractava d'allunyar-se com fos de les voreres odoríferes que li impedien reflexionar sobre la seva situació. Va asseure's en una cadira fins que un home amb gorra va voler-li cobrar només per seure. Rachid ja sabia que la vida amb pocs diners no és pas fàcil. Però ara començava a experimentar que la vida sense diners és impossible.

Comminat per la tarifa del seient a anar caminant sense parar, Rachid va intentar esbandir el neguit de la fam i pensar una mica. Si les circumstàncies l'havien abocat a la llei de la selva bo era acostar-se als fonaments d'aquella selva urbana. Quedava clar que la solució als seus problemes no arribaria de forma instantània. Una anada al consulat del seu país es resoldria amb bones paraules i poca cosa més. La denúncia del robatori a la policia local no pressuposava la recuperació de les seves propietats, i en canvi significava el reconeixement explícit de la seva condició d'immigrant indocumentat. Opcions, doncs, descartades. Podia fer el captaire, però el seu orgull berber li ho impedia. No havia estat vint-i-cinc anys desafiant en silenci els francesos per ara acotar el cap davant d'uns espanyols sobrevinguts. A més a més, la densitat de captaires semblava trobar-se al límit de la saturació, la qual cosa desaconsellava l'intent de fer-se un lloc en el mercat de la llàstima.

Rachid, esbandida momentàniament la sensació de gana incontrolable, va dedicar una hora del seu temps, que de sobte s'havia tornat infinit, a contemplar els pidolaires que operaven pels carrers del centre. Una primera anàlisi demostrava que el captaire estàtic, contràriament a la moda de París, havia pràcticament desaparegut. La caritat es demanava sempre a canvi d'alguna cosa: hi havia cantants, pintors de voreres, netejavidres i fins i tot concertistes de trompetes de plàstic, harmòniques o arpes de boca. Sota uns arbres, un home vestit de blanc anunciava la seva condició de metge en atur i prenia la pressió sanguínia acceptant la voluntat dels vianants. Cap d'ells no semblava estimular amb gaire èxit la caritat ciutadana. Ni tan sols el suposat metge aconseguia que els braços arremangats s'arrengleressin al seu davant. Però a la sortida d'un populós mercat, Rachid va trobar inesperadament l'excepció a l'atonia almoinera que surava a l'aire.

Es tractava d'un home d'uns cinquanta anys, de cabell blanquinós i barba de dos dies. Aquesta barba incipient era l'única cosa que el podia homologar amb la imatge internacional del pobre. La resta era gairebé impecable: un vestit gris amb faldons sota els genolls i arrugues a l'esquena com si hagués servit de pijama. Les sabates, d'un bon model, estaven gastades de les puntes però se les veia si no embetumades sí raspallades. El conjunt acabava amb una camisa blanca lleugerament llantiosa i una corbata anodina. De no haver estat per la mà estesa en perfecte angle recte amb el cos hauria pogut tractar-se d'un oficinista una mica deixat o d'un marit tronera a qui la dona no ha deixat dormir a casa. Rachid s'hi va acostar. La manca de moviment de l'home era el millor marc per acollir la intensitat de la mirada. Aquell personatge no necessitava cartells ni mans per indicar la seva profunda necessitat d'ajuda. I les almoines es repetien generosament. Des de la sortida del mercat veia venir els seus clients de lluny, els seleccionava i hi projectava una intensa expressió de tristesa i de vergonya alhora. Rachid va comprendre ràpidament que l'èxit d'aquell captaire atípic, allò que el diferenciava dels altres, era la seva mirada de vergonya pel que estava fent. Els altres col·legues havien assolit amb el temps l'expressió dels funcionaris de l'ànima i, com a bons funcionaris, ja s'havien oblidat de revisar el producte que oferien. Aquell no. Aquell pobre no representava la imatge de la indigència crònica sinó la de la pobresa inesperada. La seva mirada plorosa era al mateix temps una targeta de visita (jo sóc més digne que això que em veig obligat a fer) i un avís als navegants (el que m'ha passat a mi li pot passar demà a vostè). Era evident que aquell gran actor de la misèria estava representant el paper de Rachid. I tot el secret estava en el vestit i en la mirada.

El mirall d'aquell wàter públic no enganyava. Era una altra persona. Havia entrat allà amb vocació de *clochard* i ara podia sortir trepitjant fort a terra. La bossa amb el seu petit contingut contenia el bricolatge bàsic per convertir la pobresa pública de Rachid en una pobresa íntima, que només ell coneixia i que tractava d'amagar. El vestit gairebé per estrenar que havia estat del seu pare el va sorprendre per l'encaix perfecte de les espatlles i la llargada mil·limètrica dels camals. Semblava com si els cromosomes paterns haguessin anat a cal sastre abans d'engendrar Rachid i ara, en el seu cos castigat per la incertesa, en aquella terra de ningú entre el suburbi parisenc i els contraforts de l'Atles, li transmetessin la fortalesa aventurera del seu pare. Es va afaitar amb cura i va culminar la *mise-en-scène* amb una corbata jaspiada que feia onze anys havia estat moda i ara, com tot, ho tornava a ser. En sortir al carrer l'olfacte s'havia adormit, la ciutat oferia noves perspectives i Rachid se sentia com un turista de viatge organitzat en el moment en què acaba de despistar el guia.

Sense adonar-se'n va començar a caminar més de pressa. El mateix vestit semblava que el fes anar a algun lloc concret seguint algun estrany tropisme tèxtil. Aviat va començar a ressentir-se de la bossa de viatge. Potser era l'element més anacrònic de la seva figura. Una persona elegant com la que ara començava a ser necessitava una maleta de bona pell per dur les seves coses i no aquella mena de sac de lona. Més encara, una persona elegant no aniria a peu amb cap mena d'equipatge i no caminaria tan decidit si no fos en direcció a un aeroport. Un gran supermercat va sortir-li al pas com a magatzem ideal i gratuït per a les seves escasses pertinències. Rachid va entrar-hi i, complint les indicacions de l'establiment, va dipositar la bossa en una prestatgeria propera a les caixeres concebuda per evitar que les honrades mestresses de casa caiguessin en la temptació del saqueig. Després de visitar l'establiment, Rachid va sortir-ne sense haver fet cap compra. Per l'horari va comprovar que la botiga no tancava al migdia. O sigui que ningú no faria cas de la bossa fins a l'hora de plegar. Alleugerit del pes i de la nosa, la selva urbana que havia conegut només arribar ara se li apareixia gairebé com un jardí sense flors. Caldria anar-les a trobar.

Era un bonic matí de tardor, aquell temps que permet la màniga curta i els primers jerseis. El barri de la ciutat per on passejava Rachid tenia bona pinta. No hi havia porters uniformats ni gossos racistes. La gent, fins i tot amb pressa, semblava que passegés. Pujaven i baixaven de les voreres amb la mateixa dignitat amb què trepitjarien les catifes més historiades. Hi havia molt trànsit. Cotxes i taxis pugnaven per ocupar la primera línia de sortida dels semàfors. Rachid es va emocionar quan, intentant creuar un carrer d'inequívoques intencions homicides, un guàrdia urbà va aturar els vehicles únicament perquè ell passés. Els vidres dels aparadors li tornaven una imatge atractiva i esvelta que mai no s'hauria cregut. Els seus companys de l'obra ni el coneixerien. I, en canvi, la causa de tot allò era una misèria circumstancial que trencava tots els seus projectes de futur. Se sentia feliç i només una penetrant olor de pastisseria va recordar-li la necessitat primària que havia de satisfer. Havia oblidat el motiu de la seva estada forçada en aquella ciutat que només havia de servir per un senzill canvi de trens i que amenaçava amb arraconar-lo a la via morta. Dues noies van passar i se'l miraven. Feien goig. Però ell també. N'era conscient. I això mereixia un premi. Un *croissant*, per exemple?

Quan la síndrome de *croissant* estava arribant a aquell punt de dolor que converteix els ermitans en assassins i els vegetarians en antropòfags, Rachid va arribar a una plaça rectangular, tota de pedra, que servia de pati d'armes a dos grans palaus aixecats a banda i banda i custodiats per uniformes diferents. La curiositat instintiva del turista li va fer aixecar el cap per conèixer la institució que s'hi albergava. Potser esperava trobar un rètol on posés «Direcció General d'Estrangers Espoliats» o «Ministeri de la Gana Forastera», un lloc, en definitiva, on un competent servei d'acollida format per preparades senyoretes es fes càrrec de Rachid i l'entaulessin davant un àpat de noces, el deixessin fer la migdiada i, amb totes les excuses del país sencer, l'instalessin en un cotxe oficial que el duria altre cop a l'estació amb el bitllet i la paperassa a la butxaca.

Potser va ser el sobtat moviment del cap el que, afegit a la debilitat general que des de feia hores l'estava corsecant, va provocar a Rachid una intensa sensació de mareig. Les cúpules dels dos palaus van començar a girar en un carrousel de coloms i gavians. Quan es resistia a caure encara va sentir els sorolls dels frens estridents d'un autocar i l'esbufec de les portes en obrir-se. De sobte un corrent de cossos impacients va menar-lo fins a l'entrada d'un dels dos palaus, on els guàrdies s'havien quadrat en posició de ferms. Rachid, a punt del desmai, va repenjar-se uns instants al dintell ombrívol i fresquíssim de la portalada mentre el grup que acabava de baixar de l'autocar es perdia a l'interior de l'edifici. Inspirava profundament, disposat a sortir altre cop a l'exterior, quan va veure com un dels uniformats se li acostava amb una ampolla d'un líquid transparent i una cullereta:

—Au, prengui una miqueta d'aigua del Carme.

Rachid va obrir la boca confiant únicament en la bonhomia de la veu que li oferia aquell bàlsam. Va mormolar un parell de *merci, merci!* en l'única llengua que dominava i tot seguit va sentir com un udol igni que li pujava de les fondàries de l'organisme sotmès a la pluja dolcíssima d'aquell alcohol corrosiu. La veu continuava, ara en un mal francès:

—Ho veu? Ara ja té més bon color. —I assenyalant a l'interior del palau li deia: —Miri, el seu grup ha anat al saló de Sant Jordi. Vagi fins al pati i pugi per l'escala de la dreta. El president els rebrà tot seguit.

Rachid encara es trobava sota les fortes emocions gàstriques d'aquella misteriosa aigua i continuava mormolant una salmòdia de *mercis* que devien tocar el cor del guàrdia:

—Em sembla que serà millor que l'acompanyi personalment. Si té la bondat de seguir-me?

El pols de Rachid galopava més de pressa que la gambada de l'atleta Aouita. Què estava passant allà? Seria veritat tot allò que havia imaginat feia un moment? Existia en aquella ciutat un servei d'acollida als estrangers que, com ell, ho havien perdut tot a mans dels pispes ferroviaris? El guàrdia li havia dit que el president els rebria tot seguit. Potser era el president en persona el que es disposava a donar satisfaccions nacionals als turistes espoliats. Potser el grup de l'autocar no era un grup organitzat com semblava a primera vista, sinó que es devia tractar de totes aquelles persones que aquell matí havien estat objecte de robatoris. Si així era, quedava clar que Rachid tenia tot el dret d'assistir a l'audiència presidencial i que la seva presència a l'interior d'aquell palau no es devia a cap malentès. Inflat amb la seguretat dels agreujats va aixecar altre cop les espatlles i fins i tot es va permetre adreçar-se al seu guia per fer un comentari elogiós sobre l'arquitectura gòtica de l'edifici. El guàrdia va somriure. Ell també. I va pensar que era la primera vegada que un guàrdia li somreia.

Van arribar a una gran sala magníficament decorada amb pintures antigues a les voltes i a les parets. A la presidència un retrat del rei d'Espanya contemplava el públic que ocupava en la seva totalitat les cadires de la sala. Rachid va pronunciar el seu darrer *merci!* per despedir el seu amable guia, però el guàrdia, conscient del mareig que acabava de patir el senyor, va insistir a trobar-li un seient. Per aquest motiu va acompanyar-lo fins a un extrem de la primera filera on hi havia una cadira buida. Mentre Rachid seia, el guàrdia va desitjar-li que es millorés i que no dubtés a avisar-lo si es tornava a marejar. S'havia produït aquell moment anterior al silenci absolut que precedeix l'obertura dels actes i aquesta darrera conversa entre Rachid i l'uniformat, mantinguda en francès a la primera filera, havia concentrat sobre ell l'atenció de tota la sala. Se sentia cada vegada més agraït a aquella ciutat que, si bé era incapaç de reprimir la delinqüència, tenia el gest de compartir amb els afectats el seu dolor. Rachid es va girar i va poder comprovar que tothom el mirava. Va somriure a ningú en concret i, a canvi, va rebre unes dues-centes mirades d'absoluta simpatia. Era natural que els damnificats es miressin amb solidaritat. Tots els que estaven reunits allà, pensava Rachid, no havien vist únicament disminuïts els seus estalvis. Era més que això: unes vacances truncades, uns dies de descans convertits en feina i aquella era l'única sortida de la fam si els honrats turistes pretenien preservar la seva honradesa. Per poc que pogués s'aixecaria i ho diria al president. I el president l'escoltaria perquè un president que convoca els turistes rics i no els oblida quan són pobres havia de ser una bona persona. El president.

Era un home baixet i calb que es fregava les mans i mirava al sostre com si el seu discurs el tingués escrit a les voltes. A Rachid el va estranyar que, tractant-se d'una audiència de turistes, el president no parlés ni francès ni anglès. Alguna cosa, però, se li entenia. Va repetir moltes vegades el nom de Catalunya i a Rachid li va semblar que parlava de la importància dels coloms. L'acte es prolongava i en cap moment li va semblar que el president demanés l'opinió dels presents. A poc a poc va tornar a sentir aquella pruïja fonda que l'havia fet caure en basca feia una estona. Aquell alcohol perfumat havia clavat els seus esperons sobre els flancs de la seva fam i ara aquesta s'havia desbocat. Incapaç de concentrar-se en el discurs presidencial, Rachid va voler enganyar una vegada més la seva necessitat vital passejant la mirada pel local. Només aleshores va adonar-se d'un escut ben gran que estava col·locat en un extrem de la taula presidencial. I només aleshores va comprovar que tots els assistents duien el mateix escut a la solapa dels vestits. Va llegir de lluny quatre grans inicials: CCCC. I va haver-se d'acostar a la insígnia de la seva veïna de la dreta per llegir clarament «I Congrés Català de Columbofília Civil».

En una primera filera de qualsevol cosa, una persona sense aplaudir fa més soroll que la més càlida de les ovacions. Per això Rachid va sorprendre's colpejant-se les mans a major glòria dels coloms missatgers i del president que tan bé havia sabut copsar el neguit i el punt d'honor d'una activitat antiga i esforçada com la columbofília. Sabedor de la suma de confusions que l'havien dut fins aquella cadira, Rachid va perdre per uns instants la seguretat que li mantenia aquella lluïssor magnètica a la mirada. Tothom s'aixecava i ell es disposava a abandonar la sala quan uns uixers van obrir unes portes laterals i el recinte va omplir-se de cambrers armats cadascun d'ells d'un calidoscopi d'olors i de sabors. Pel seu davant va veure passar les rosades textures del salmó fumat, les perfectes volutes de les gambes exposades sobre el vellut de la maionesa com si fossin les millors joies de l'oceà, els dàtils revestits amb el mantell bicolor de la cansalada viada, les perletes negres del caviar, les blanquíssimes ametlles que de tan dolces semblaven els ullals de llet que algun nen gegant havia deixat sota el coixí, els canapès multicolors i flonjos com núvols que matisaven l'evidència de la gana i els encenalls de caoba que algun ebenista savi havia extret del baix relleu dels pernils ibèrics. Més enllà, una gran taula oculta que fins aleshores havia estat coberta per unes estovalles contenia tota una altra mena de mossecs més caldosos i de begudes escumejants. Una campana llunyana va sonar indicant a tota la ciutat que ja era l'hora de dinar. Va ser en aquell moment quan Rachid va trobar-se la sortida del saló blocada per un cambrer que li oferia l'opció de triar una de les cent mil croquetes torradetes que duia a la safata. Va allargar la mà i va acostar-se-la a la boca. N'hi va haver prou. Rachid acabava de ser presentat en societat i la societat, a canvi, li feia l'ofrena d'una croqueta commemorativa.

Si la croqueta li va fer aixecar la mirada, el canapè de truita va retornar les espatlles caigudes al seu angle apol·lini i el pastisset de marisc va persuadir-lo de lluir la gesticulació de gala. A partir de la quarta croqueta i de la segona copa de cava, Rachid no va defugir ni tan sols la conversa. En el primer quart d'hora Rachid va aprendre que per parlar amb algú n'hi havia prou amb fer cara d'interès, esquitxada de tant en tant per algun *merci* o algun *très intéressant* culminat per un *pardon* oportú que actués de salconduit de la fugida. També va aprendre que n'hi havia prou amb fer servir el *pardon* d'entrada perquè totes les converses adoptessin el francès. Gràcies a aquesta insospitada francofonia Rachid va tenir oportunitat de conèixer el perill que pels coloms significa l'extrema proliferació de gavians, les causes que havien aconsellat la celebració d'un congrés català en comptes de sumar-se al congrés espanyol així com les profundes diferències entre la columbofília civil i la columbofília militar. Precisament mentre un senyor molt amable li explicava la dieta correcta dels coloms campions va interrompre'ls el president que anava saludant un per un els congressistes. Rachid va dir *pardon* i el president va preguntar-li —en francès, naturalment— que d'on era. Rachid va pensar en la seva petita habitació allà al nord de París i va contestar doncs això, que vivia al nord. El president no el va deixar continuar:

—Ah! De la Catalunya Nord. Precisament l'alcalde de Perpinyà va venir l'altre dia a veure'm...

Rachid va poder confirmar que el president d'aquell país era molt bona persona perquè coneixia tothom i es feia amic de tothom. L'havia agafat del bracet i arrossegava Rachid per tota la sala parlant-li de la necessitat que a Perpinyà deixessin de parlar en francès i parlessin en català. Rachid anava dient que tot era *très intéressant* i el president, a manera de comiat, va fer:

—Ja ho sap. A veure si la pròxima vegada que ens veiem ja parla una mica de català!

Rachid va trobar aquell president tan simpàtic que va estar a punt d'explicar-li el seu cas, però va considerar que hi ha coses que una persona elegant no ha de fer mai. Per això, en despedir-se, Rachid va donar uns quants copets a l'esquena del president tot dient-li que *merci* i que fins aviat. Ni aleshores no es va adonar que feia estona que tota la sala el mirava i que un cambrer s'acostava únicament a ell oferint-li una nova copa de cava darrera la qual s'endevinava una mirada de respecte.

Les coses, a partir d'aquell moment, van anar molt més de pressa. Un moviment col·lectiu va fer anar el grup a poc a poc fins a la sortida i Rachid va comprovar com les atencions dels congressistes a la seva persona havien augmentat. La panxa plena ajuda a la cordialitat, va pensar. Ell també veia aquells estranys col·legues amics dels coloms amb un afecte entranyable. En sortir del palau va anar a saludar el guàrdia que l'havia atès durant el mareig. Va dir-li una vegada més *merci* i que ja tornaria perquè el president volia saber si anava aprenent català. El guàrdia va riure i ell també, però els congressistes colombòfils ja havien pujat a l'autobús i el cridaven des de darrera els vidres. «*Pardon*», va dir Rachid. I el guàrdia de la porta va donar-li la mà mentre deia:

—Vinga, afanyi's. No veu que l'estan esperant?

El dia va prosseguir entre safates i somriures. Era evident que aquells curiosos personatges columbòfils tenien amics a tot arreu delerosos d'afartar-los i alegrar-los. Rachid mai no havia vist tants cambrers diferents en un sol dia i començava a estar una mica confús amb la barreja de cava i de converses. No era estrany que agraís la pausa que els organitzadors van concedir-se per tal que els congressistes poguessin anar a fer un homenatge al colom de la pau, una pintura que s'exposava en un museu de la ciutat antiga. També allà el van fer seure en un lloc preferent —la conversa amb el president havia fet forat— i Rachid va tornar a dir *merci* i a fer cara d'entès i a aplaudir quan tocava. Per això no li va estranyar gens sentir al seu braç la pressió d'un altre braç que s'hi repenjava i se l'enduia museu endins amb paraules amables. La noia era bruna, petita, amb els llavis pintats com una ferida enmig d'una pell blanquíssima. Rachid l'havia vist hores abans, tan bon punt s'havia assegut a la sala del palau del president i havia mirat enrera, i ara la tenia allà, un quadre entre molts, que li burxava les nines dels ulls amb una mirada de filaberquí i li intentava xuclar els secrets.

En una sala d'exposicions tothom es revesteix amb el millor d'ell mateix, la passa s'alenteix, els perfils s'asserenen i el soroll de la roba en caminar evoca una estranya musicalitat de cossos que ho esperen tot d'aquell moment. Rachid va tornar a fixar-se en la seva acompanyant. Era portadora d'aquesta edat que, tot i indefinida, sempre es fa envejable. Parlava dels quadres i sota les seves paraules les pintures es convertien en miralls que li tornaven la seva mirada amb colors d'aquarel·les i de tèmperes i a Rachid se li anava tacant l'ànima i li traspassava el vestit del seu pare.

De sobte, Rachid va intuir que aquella dona no es donaria per satisfeta amb el joc del *pardon*, *très intéressant* i *merci*. Probablement aquella dona no es donaria per satisfeta ni amb la veritat autèntica de la vida de Rachid. Li diria que era un peó de la construcció i que somiava ser atleta i ella encara demanaria més i més. Li explicaria que tenia ganes de guiar camells per les muntanyes brunzents de l'Atles i seduir les aventureres franceses entre les tendes dels aduars i ella li diria que només li faltava ser francesa, però que d'aventurera ja n'era. Van aturar-se davant d'una de les pintures del museu, una ballarina blavosa, morena i petita i amb cara de pomes agres. Ella va callar mentre la contemplava i Rachid va dir:

— *Cést vous?*

I ella va respondre sense mirar-lo:

— *Pas moi: Picasso.*

I ell:

— *Ah! Picasso... Un ami?*

Quan ella reia l'aire s'omplia de cascavells i els vigilants de les sales del museu li dedicaven mirades d'admonició pel sacrilegi de barrejar la gresca amb la cultura. Ara eren tots dos els que reien i intentaven inútilment amagar una complicitat creixent entre les èpoques rosa i blava. Entre quadre i quadre una finestra els va recordar que a fora hi havia una esplèndida tarda que encara era per estrenar. Van obrir-se pas entre els amics dels coloms i van sortir del museu amb el gest estarrufat de qui s'espolsa les plomes per emprendre el vol.

Amb una dona al costat les ciutats bateguen, els carrers fan pessigolles i els llençols estesos de les cases onegen al vent com ho farien les banderes dels cossos dels amants. Amb aquella dona al costat, Rachid sentia que la sorra del seu rellotge interior ja havia vessat i el temps creixia. Van posseir el mar i els jardins, la brasa dels cigarrets i els petons pensats per si un altre dia calia fer-los. Ella va dir que tres dies més tard s'inaugurava l'exposició de Guttuso a la Mec i que si hi pensava anar. Ell va dir que sí. I en el moment de dir-ho va sentir la mateixa sensació de quan anava a demanar feina a les obres i finalment l'agafaven. S'havia fet fosc i la llum dels aparadors la mostrava encara més bella. Anava a preguntar-li el nom quan ella li va dir:

—*Je m'apelle Clara, et toi?*

Rachid va adonar-se que faltaven deu minuts per les vuit i que el supermercat on havia deixat la bossa amb les sabates esportives i les seves coses estava a punt de tancar. Potser va dubtar un moment, però només va ser un moment. Aquella bossa de viatge era la seva única llar a la ciutat dels miracles. Va aturar-se davant la noia. La va mirar amb totes les espurnes enceses de la seva mirada verda. Li va fer un petó a cada galta abans de dir-li que ja es veurien al cap de tres dies en aquella exposició del tal Guttuso i va desaparèixer carrer amunt com un atleta vestit de diumenge.

La caixera del supermercat ni el va mirar quan Rachid li deia *bon soir* com si gairebé fos de la família. Clara...

Feia una hora que tornava a caminar sol pels carrers d'una ciutat estranya. Rachid va lamentar haver canviat la companyia de la noia per la seva bossa. Al cap i a la fi amb la noia sempre hauria tingut una possibilitat de dormir a cobert i, potser, acompanyat. Ara, en canvi, se sentia ridícul amb l'obligació d'haver de resistir tres dies i tres nits per una absurda cita concertada en plena eufòria de l'inconscient. Bé era veritat que ja no tenia gana, però una nova sensació tan o més dolorosa li ocupava la boca de l'estómac. Rachid havia anat allunyant-se del centre cap als barris més menestrals. A les finestres il·luminades s'intuïen escenes familiars plenes de tot allò que a ell li faltava. Un retaule de soperes fumejants, de pantufles i bates de buatina, de soroll de plats que saltironen a la pica, de nens que no volen dormir i avis que s'adormen davant el televisor, de batusses domèstiques i de reconciliacions sota la dutxa. Tot això era visible darrera les cortines de les cases. De tant en tant, Rachid s'aturava i s'enclastava als vidres dels restaurants i de les barres americanes no tant amb l'expressió del vagabund afamat com amb la tristesa dels gossos perduts que encara conserven el collar.

Rachid no va adonar-se de la seva patètica imatge fins que el reflex d'un aparador li va recordar que encara duia el vestit de fer bonic. Potser aquella peça heretada del seu pare tenia l'aura dels amulets. Es tractava del vestit de somiar i el somni havia acabat per aquell dia. La disfressa ara no li calia. No havia d'enganyar ningú i Rachid sabia que tenia la pell de l'ànima massa prima davant de certes soledats. Ara que tots eren fora, quan ja no quedaven ni noies, ni guàrdies, ni congressistes, ni cambrers ni presidents, Rachid va decidir guardar la roba de la feina i tornar a posar-se l'autèntica. En un jardinet públic, darrera d'uns matolls, el vestit del seu pare, la corbata i les sabates de mudar van anar a parar, convenientment tractades, a la bossa de lona. I d'allà va sortir-ne el Rachid autèntic, el de les sabates esportives, els somnis de medalles i el retorn definitiu al gran sud que els seus pares van haver de deixar perquè els era massa petit.

A poc a poc va anar veient la ciutat d'una altra manera i les seves passes van experimentar l'atracció del mar. Caminava ara per una avinguda irreal on gent asseguda mirava gent que passava i badocs ambulants examinaven badocs sedentaris. A banda i banda d'aquell zoològic longitudinal hi havia restes de senyores jòniques amb les galtes encara il·luminades de l'òpera propera, joves renaixentistes que s'estimaven entre els vapors del cafè, aiguaforts d'escombriaires amb hàbits taronja, dones cubistes sota la llum dels fanals més antics del món i jugadors de caixa de cartró i maneres de marquès. Rachid es va afegir a un grup que seguia les evolucions de tres cartes que un home feia saltar cara avall sobre la franel·la. Coneixia aquell joc i sabia que en mans de segons qui no era un joc innocent. El llançador de cartes anava fent la comèdia amb un soci a l'espera que algú aliè a ells dos s'hi acostés. El soci sempre perdia. Quan tot el públic estava convençut de saber on era el cavall i on les dues sotes, el soci la marrava expressament per estimular la competitivitat dels altres. El sistema era vell, però sempre hi havia algú que s'hi enganxava.

L'home que havia posat un bitllet de cinc mil sobre la taula semblava estranger, potser alemany o nòrdic. En feia dos com el crupier i anava una mica pet. Tenia l'aspecte dels mariners i una musculatura que maldava per sortir de les mànigues de la caçadora. La primera vegada va perdre. Va tornar a jugar i va perdre la segona. El crupier era molt hàbil i estava disposat a enganxar-lo. Per això l'anava deixant guanyar un cop de cada tres, per escalfar-lo. Després de tres derrotes i dues victòries consecutives el mariner ja estava en el seu punt dolç i va canviar els bitllets de cinc pels de deu. La primera vegada que va posar trenta mil peles damunt la taula Rachid sabia que la cosa estava acabant. Se les endurien i quan el client intentés recuperar-les, una alarma sobtada faria desaparèixer el petit casino entre la multitud. El mariner anava a aixecar una carta i Rachid, agafantlo pel braç, el va guiar cap a la carta bona. La bronca del presumpte crupier i dels seus comparses va ser fenomenal. La cosa prometia acabar malament però l'aspecte ferotge del client i la intuïció entre la multitud de les gorres de plat dels municipals van fondre taula i crits i el carrer va tornar a ser més un lloc de pas que de pors.

Aquell sac de músculs va girar-se i el va veure. No el coneixia, però l'havia fet guanyar. Es va treure un bitllet de mil de la butxaca i el va donar a Rachid amb una intenció que hauria pogut ser una pregunta. Rachid va contestar que res no era allò que semblava i el va deixar jugar una mica més mentre se n'anava. Des de lluny encara anava cridant que s'hi fixés bé, que res no era allò que semblava. «*Rien n'est ce que ressemble, monsieur!*»

I se sentia ric amb un paper que li cremava a la butxaca.

Els diners no existeixen, s'havia dit moltes vegades Rachid, quan no li quedava cap franc a la butxaca. Si els tens i els gastes, ja no els tens. I si els tens i no els gastes, és com si no els tinguessis. Ara s'adonava que allò no era cert. Tenia un bitllet de mil a la butxaca i se sentia el propietari de la nit. A partir d'aquell moment els aparadors il·luminats que fins aleshores havia anat evitant semblaven el somriure de les cases. Es va trobar mirant preus en una joieria, en una camiseria i fins i tot en una botiga de mobles. Sabia que aquelles mil pessetes equivalien a un minut de l'esfera daurada d'un bon rellotge, probablement arribarien per la màniga llarga d'una camisa estampada o servirien per adquirir una pota d'una cadira pel menjador d'una casa encara per edificar sobre el terreny i no sobre els somnis. Amb mil pessetes, quants llits de lloguer podia pagar? Quantes hores de dona solitària? Quantes fams s'estroncarien amb una correcta administració d'aquell bitllet?

Però Rachid no pensava ara en la gana. Els homes no són plantes i si ell alguna vegada s'havia sentit vegetal havia estat aquell matí estrany, quan el president li havia atorgat al mateix temps la croqueta i la ciutadania i l'havia retornat a la condició humana i sadollada. Pensava, per exemple, en anar a una discoteca. Rachid no únicament corria com l'Aouita sinó que dominava el *break-dance* amb la perfecció dels autòmats. Mil pessetes podien ajudar-lo a travessar els dintells del so i de la llum, allà on no cal ni parlar i on el gest és rítmic i els glaçons dringuen i on tothom es deixa mirar i ningú no mira. Què deu tenir la nit que no calen idiomes per entendre-la? Potser la nit és un dels pocs llenguatges universals que queden més enllà de les gramàtiques. A tot el planeta, la foscor porta els homes sota cobert, les estrelles il·luminen el múscul de l'amor, els criminals s'hi aclofen, les mares infanten i els moribunds s'abandonen, el foc es fa incendi i un tall de llum talla la vida. Rachid ja tenia la nit per entendre's amb els qui l'envoltaven. El llenguatge de la nit li permetia parlar amb tothom. El bitllet de mil faria que, a més més, l'escoltessin.

Havia arribat a aquell barri que totes les ciutats tenen destinat més a sobreeixidor que no pas a aixeta. Les llums de colors li picaven l'ullet, les dones blanques, blanquíssimes de tanta pell de lluna oferta a la lluna, el miraven i li deien coses absolutament comprensibles. Buscava rostres coneguts com si fossin senyals de trànsit en una nit de boira però no coneixia ningú. Potser la noia del museu podria haver sortit de l'òpera i veure'l, precisament ara que anava vestit altra vegada d'autèntic. Li va venir por que, entre els grups d'elegants que sortien del teatre de l'òpera, hi fos ella. Havien quedat per tres dies més tard i la cita era fixa. Si hi anava després l'hauria perdut per sempre. Però també la perdria si la veia abans. Per això va entrar en el laberint de carrerons que s'obrien a banda i banda de l'única avinguda amb garanties de terra de ningú. Una nit en vigília només es pot passar fent equilibris sobre cordes conegudes. I Rachid ja havia fet massa el funàmbul en aquell dia màgic per temptar la sort. Buscaria una pensió barata i a l'endemà encara li quedaria alguna cosa per esmorzar i potser, fins i tot, per dinar, i segons com aniria a veure el president i li diria que l'havien robat i que ell ni era amic dels coloms ni era de Perpinyà ni res però que estava segur que l'ajudaria ara que eren amics i que estava disposat a aprendre el català i totes aquestes coses.

A la nit totes les ombres expressen més d'allò que semblen. Per això fan por.

I una ombra de navalla talla més que la navalla mateixa potser perquè és més grossa.

Però és més grossa per l'ombra que projecta sobre la paret o perquè quan la tens fregant-te la nou del coll veus la mort de més a prop i la mort és l'últim calidoscopi de la consciència.

Rachid no va tenir temps de contestar-se res. Només uns segons més tard va adonar-se que la mà —molt més intel·ligent que el cap— havia baixat soleta fins a la butxaca i havia ensenyat a l'instrumentista de la navalla gegantina el bitllet de mil que la fortuna li havia dipositat feia una estona. Només aleshores, quan amb la mirada s'acomiadava d'aquell petit paper de llibertat nocturna, va veure els seus adversaris. Eren dos. L'un el tenia literalment clavat contra el portal amb la fulla dient-li coses a l'orella. L'altre es limitava a fer una infructuosa espeleologia corporal de Rachid amb la inquietud de qui és incapaç de creure que hi hagi gent tan miserable i que camini amb els aires de milionari pels quals havien escollit la víctima.

De no haver estat per la navalla, Rachid s'hauria posat a córrer. Però no es poden fer gaires metres amb la jugular escapçada.

Per això va fer cara de degollat, que és la millor manera d'inhibir el possible degollador. La navalla va allunyar-se un pam de la seva nou. Rachid va empassar salivera. Les mil pessetes canviaven de mà. Però la vida havia decidit quedar-se.

Se n'anaven.

Mentre Rachid respirava a fons, el de la navalla va renegar en veu alta. Per mil peles no se la podien jugar una altra vegada, deia.

Entendre-ho no era una expressió del tot justa. De fet el renec dels seus assaltants havia retornat Rachid a la seva infantesa en el *bidonville*, a l'origen de tot, a les primeres paraules apreses en aquell petit Magrib que es resignava a anar entomant la pluja opulenta d'Europa per si de cas algun d'ells aconseguia arrelar. En el crit de contrarietat de l'home de la navalla hi havia el mateix accent i la mateixa intenció amb què ell increpava els capatassos de les obres quan arribava el dia de despatxar-lo. Els seus lladres eren com ell. Renegaven com ell i se sentien tan desesperats com ell. Potser més, quan havien d'anar a cops de por per les cantonades a fer una mísera collita de bitllets de mil com el seu.

Rachid va repetir en veu alta el renec de l'home de la navalla i els dos atracadors es van girar. Per primer cop va fixar-se en les seves cares i li va estranyar que uns instants abans hagués pogut sentir pànic. Eren iguals que ell, la pell enfosquida pel sol dels segles i els cabells negríssims i lluents com les crineres dels cavalls. Rachid va preguntar que d'on eren i ells van dir que venien de Muley Idriss, la ciutat santa del Marroc. Es van dir el nom i es van donar la mà. La conversa va fluir espontània, sense cap mena de prevenció, potser pel plaer secret de parlar la mateixa llengua i trobar-se també perduts en el laberint occidental. Ni ells van demanar excuses ni Rachid va reclamar el seu bitllet de mil. No sabia ni com el tornava a dur a la butxaca. Ni sabia com havien passat les coses que havien passat quan ara es trobava com a casa sentint-se invulnerable amb dos amics nous que havien acabat convertint en definitiva la provisionalitat permanent de la pobresa, que li explicaven la seva determinació de no tornar a Muley Idriss fins que no arribessin amb diners, que l'invitaven a copes, que li deien que podia anar a dormir a casa seva, que li recordaven l'enyorança del gran sud i que acabaven les frases que Rachid començava.

Van entrar en una escala estreta il·luminada per un fluorescent vermell. Des de l'altra banda del carrer una noia va cridar el de la navalla, que es deia Alí, i el seu company Saad li va contestar alguna cosa probablement a mig camí entre l'obscenitat i la simpatia. Per l'escala se sentien plors de criatures, televisors encesos i una olor de fregitel·les que venien d'un bar proper. Alí i Saad compartien el pis amb la propietària, la senyora Rosa, una dona gran que tenia por de morir-se sola i que un bon dia va començar a omplir la casa de rellogats fins superar el nivell de densitat demogràfica de Calcuta. Mai no s'havien comptat però Saad calculava que dintre aquelles parets hi dormien cada nit de deu a quinze persones entre els habituals i les visites. Sabien de l'existència d'un guitarrista de *tablao* flamenc, una senyora que venia tabac en una tauleta a l'andana del metro, una altra senyora que treballava als urinaris d'una cafeteria en decadència i el seu marit, un antic ferroviari que havia perdut la cama en un accident i es passava el dia a la seva habitació pintant figuretes de pessebre. Rachid va ser advertit de l'estranya parella que ocupava l'habitació del costat. Eren germans, ella afirmava ser cambrera d'un gran hotel. El noi, en canvi, actuava de transvestit suplent en un local de l'ambient, però, de no haver estat per les fotos que ell mateix ensenyava, a casa ningú no ho hauria dit. La família quedava completada per un ex-boxejador catòlic i practicant, fill d'una antiga amiga de la senyora Rosa, que després d'haver passat una temporada a la presó esperava que el cel li concedís una feina digna anant cada matí a la platja per recollir allò de valor que les ones tornaven. Per la forma com s'expressaven Alí i Saad semblava que la vida en aquella casa fos agradable i, fins i tot, confortable. Només hi havia dues condicions que calia complir per mantenir-se en la nòmina dispesera. Una era la qüestió de les drogues. Quedava absolutament prohibit el seu consum i la seva possessió. La senyora Rosa disposava d'un gat heroïnòman i cocaïnòman que circulava per les habitacions i era capaç de detectar les quantitats més minses. L'altra condició era que, com a mínim dos cops a la setmana, els dispesers havien d'asseure's a taula amb la senyora Rosa i els comensals que aquell dia poguessin compartir l'àpat. Així es feia família i la soledat de la propietària quedava dissolta en la fumerola dels cigrons amb suc que omplia la casa d'un aroma càlid i afectuós com si es tractés d'un encens domèstic en honor de la santedat terrenal d'aquella dona singular.

D'aquesta manera Rachid va acabar el seu primer dia a la ciutat sota cobert. Va ser presentat a la senyora com un parent d'Alí que pensava passar uns dies amb ells. La senyora, segurament una antiga dama de col·legi car que havia anat a menys, va interessar-se cortesament pel nouvingut i va oferir-li un joc de tovalloles per si volia banyar-se. Rachid va trobar que era una idea magnífica i una entranyable mostra d'hospitalitat islàmica. La senyora Rosa va qualificar-lo com el més educat dels seus hostes i va donar les gràcies a Alí per haver fet entrar aquell noi tan elegant a la seva estranya família. Alí i Saad van deixar-lo a la porta de la cambra de bany. Tornaven a sortir al carrer a recuperar el temps perdut pel seu encontre: faltava mitja hora perquè s'acabés l'òpera i sempre hi havia tocatardans que havien anat a aparcar el cotxe una mica massa lluny de la vigilància. Rachid els va desitjar sort i mentre se submergia en l'aigua tèbia de la banyera es va sorprendre amb un lleuger sentiment d'enveja per l'aventura permanent que vivien els seus nous col·legues. Acabava de desitjar sort a uns delinqüents. I desitjar sort a un delinqüent era pitjor que ser-ne còmplice: era celebrar cada robatori amb èxit, era desitjar que ciutadans honrats com ell sentissin la mateixa por de morir que havia sentit una hora abans. Va submergir el cap dintre l'aigua per esbandir la boira mental que l'envaïa. En un sol dia havia conegut la misèria i l'èxit social, en un sol dia s'havia abraçat amb el president i s'havia juramentat amb dos atracadors de cantonada, en un sol dia havia entrevist la dona de la seva vida i l'havia perdut.

Rachid, nu i mullat davant el mirall entelat pel vapor, intuïa massa coses com per explicar-se-les. Es va embolicar amb la tovallola més grossa, es va pentinar i encara va tornar a afaitar-se i va tornar-se a pentinar i va anar a la que seria la seva habitació i va estirar-se damunt el matalàs i aleshores ja no va saber què fer amb ell mateix. I algú va decidir per ell —com gairebé tot en aquell dia— que havia de quedar-se profundament adormit.

Si és veritat que la vida cansa era evident que el dia abans Rachid havia viscut molt. Per això no acabava d'entendre sota quin estrany sostre s'estava despertant, en quina llengua cantava la veu que venia de l'altra banda del carrer i què hi feia aquell gatàs olorant la seva bossa. Va obrir definitivament els ulls i el gat se'l va quedar mirant com ho faria un conserge d'hotel que volgués cobrar-li l'habitació. La mà de Rachid va volar cap a la butxaca del seu pantaló. La pell encara recordava el tacte reconfortant del paper moneda. El bitllet de mil era allà. Continuava, doncs, en la contradictòria abundància de la misèria. A poc a poc va anar descabdellant el fil que l'havia dut allà la nit anterior. Va veure Alí dormint encara amb la boca oberta i a Saad allà al balcó, en samarreta, mirant com passaven els cotxes del carrer. Eren els seus amics. I, damunt d'una tauleta, una pila de diners amb olor d'òpera estroncada va retornar als seus amics la vergonyant condició de lladres. Anava vestint-se mentre componia el trencaclosques del dia anterior. Saad va dir-li un bon dia carregat de son.

El bon dia gairebé casernari que s'haurien donat dos presidiaris dins la mateixa cel·la.

De sobte Rachid va entendre que d'alguna manera aquella era la seva cel·la i que difícilment podria sortir-ne mentre les coses anessin com anaven. Afortunadament era una cel·la còmoda. Cap dels seus dos nous amics li havia proposat encara que anés a robar amb ells, però ho temia. Si el problema bàsic era la supervivència ell se n'havia d'encarregar sense arribar a l'extrem de convertir-se en atracador de cantonada.

Va mirar Alí, ajaçat sobre el seu matalàs. Dormia amb la convicció que la son és una propietat privada, l'última propietat dels qui no en tenen cap. Rachid no era Alí. Ni tan sols dormint feien la mateixa cara. Ell havia deixat el seu *bidonville* per ser alguna cosa honorable a la vida, potser perquè algun dia una parella de *flics* el protegissin de l'entusiasme dels afeccionats a l'atletisme i li demanessin autògrafs per als seus fills de pells blanques i indiscutiblement franceses. Mentre es mirava al mirall i s'afaitava amb cura, Rachid va prendre la determinació de convertir aquella cambra dels seus amics en una habitació d'hotel i no pas en una cel·la de cap penal en llibertat condicionada. Tornà a posar-se l'esplèndid vestit del seu pare i, en veure'l, Saad va dir-li que només li faltava un rellotge de polsera. De sobte va obrir un calaix ple de joies que encara conservaven el pànic dels seus propietaris en veure-les arrabassades. De tots els rellotges que s'amuntegaven, Saad va allargar-li un Rolex de ministre. Rachid va fer-se l'estret però en els seus plans no podia haver-hi cap error d'*atrezzo* i el va acceptar amb una indissimulada coqueteria. Pel mateix preu Saad va allargar-li un passador de corbata que feia joc amb dos botons de puny i una cigarrera d'or amb incrustacions de *vermeil* que tenia el mèrit de convertir els Gauloises en cigarrets havans.

—Ets tan pobre com nosaltres, però tens més classe. Aprofita-ho, nano —li havia dit Saad mentre el repassava amb mirada d'escultor.

Amb el soroll de la quincalla Alí s'havia despertat i mirava com Saad guarnia el seu nou amic.

—Deixeu-me fer un petó a la núvia —va dir mentre s'alçava del llit.

El va besar tres cops a cada galta i encara van sortir al balcó per despedir-lo mentre se n'anava carrer enllà. Li deien coses i tothom es girava. Saad va agafar unes roses pansides que hi havia al menjador i li anava llençant els pètals com ho feien els antics amb els generals que tornaven de conquerir ciutats estrangeres. Rachid era dels qui hi anaven.

El segon dia a aquella ciutat desconeguda havia començat ben diferent del primer. Ara, Rachid ja no arrossegava els peus ni tenia por dels aparadors. El reflex dels vidres tornava una imatge imponent i seductora. Ho va poder comprovar pocs minuts més tard quan, en travessar un mercat bigarrat, va creure entendre que les peixateres li deien coses no estrictament relacionades amb el xanguet del taulell. En arribar a una avinguda amb parades de flors va entretenir-s'hi amb la saviesa dels desvagats. Una florista li va regalar un clavell i pocs metres més enllà va ser ell mateix qui va oferir-lo a una rossa suprema que badava davant un semàfor. La ciutat havia adoptat la música dels minuets i Rachid s'hi deixava endur com si el vestit del seu pare li tragués el pes i la història i tot ell fos una ploma ingràvida enduta pel buf càlid de tanta gent amable.

Va adonar-se'n ben aviat que l'eufòria se li havia entaforat a l'estòmac. Un altre cop l'òrgan de la gana li recordava la seva humana condició. Però aquesta vegada Rachid va decidir començar a fer ús del seu tresor amb la naturalitat dels rics. Al cap i a la fi els cigrons nocturns de la senyora Rosa estaven garantits i el dia tot just acabava de començar. Quedava clar que en una ciutat com aquella les casualitats eren abundoses i que, a més a més, estaven ben repartides.

La mirada de la cambrera que li va servir el *croissant* amb la xocolata va ser massa llarga per ser casual. També des del fons del local una parella de senyores amb el diari obert el miraven amb una insistència sospitosa. Però Rachid s'havia aixecat aquell dia amb el peu dels vencedors. Es trobava, senzillament, atractiu. I aquell primer esmorzar de pagament que feia a la ciutat que li havia procurat la misèria li estava pujant al cap i a les galtes i tot ell se sentia calentó i tendre com un *croissant* acabat de sortir del forn. Va deixar les mil pessetes en un platet i la cambrera se les va endur cap a la caixa. No va voler pensar quant temps trigaria a tenir entre les mans un altre paper com aquell. Va fer un rotet i es va permetre somriure a les senyores del diari que continuaven mirant-lo fit a fit.

De sobte va adonar-se que el canvi trigava més del que calia. Al capdavall el bitllet no podia escolar-se en una tassa de xocolata. Buscava amb els ulls la cambrera i la va trobar allà a la caixa. Estava amb les altres cambreres de l'establiment i se'l miraven mentre reien per sota el nas. Efectivament aquella era una ciutat de gent simpàtica. Va aixecar-se, va arreplegar el canvi i tot el personal va sortir a la porta a despedir-lo. Després de tants anys d'acotar el cap a París ara sentia una sensació desconeguda que li pujava per les frontisses de l'esperit. La vanitat, tal vegada. Una vanitat que anava engruixint-se a cada moment, cada vegada que algú es creuava amb ell pel carrer i Rachid intuïa que es tombava a mirar-lo. Però un excés de mirades embafa. S'acostà a un mirall per comprovar que l'aspecte continuava sent impecable. Tot en ordre. Fins i tot la foscor de la pell, tan sospitosa a la seva ciutat d'origen, aquí era un tret comú de bona part dels badocs que aquell matí li dedicaven l'atenció. Va decidir descansar de tanta curiositat aliena i atrinxerar-se darrera d'un diari. Al cap i a la fi un diari només li significarien unes quantes monedes i d'altra banda proporciona a qui el duu una llustrina de presumpta respectabilitat, com si la lletra impresa fos el maquillatge de totes les belleses morals del planeta.

Aleshores es va veure.

Havia entrat al quiosc endut per les celles líquides d'una portada de modes i allà, multiplicat per deu, per cent, per milers, hi havia la seva cara a la primera plana de tots els diaris. Al seu costat el president el tenia agafat pel braç i ell feia un posat enèrgic, a mig camí entre la reconvenció i la cordialitat. Recordava el dia anterior i la gola se li va omplir de gust de croquetes. Li havien fet la fotografia just quan el bonàs del president li feia aquell sermó tan estrany sobre el català a Perpinyà, però en canvi li semblava entendre que la premsa parlava d'una audiència amb delegats d'una comissió europea per la salvaguarda del patrimoni natural. Rachid va pensar aleshores en els coloms. I els coloms li van fer pensar en la noia —Clara, pronunciar aquell nom li eixamplava els pulmons!— que l'esperaria dos dies després en una galeria d'art. I en pensar en galeries va tenir por de la presó i va recordar que continuava sense tenir diners ni papers ni bitllet per continuar el viatge, i va decidir que, ara que tothom sabia que el president i ell eren tan amics, el millor que podia fer era anar-lo a veure i explicar-li el cas. El president donaria instruccions per recuperar la legalitat i ell li prometria portar el seu estrany encàrrec a l'alcalde de Perpinyà si algun dia llunyà tornava a França.

El palau era a prop. L'hora era oportuna. I, per primera vegada en molt de temps, Rachid va veure el seu futur resolt. El seu amic no podia fallar-li.

En arribar al palau del president els guàrdies de la porta el van saludar militarment. Rachid va reconèixer el guàrdia que el dia anterior li havia donat l'aigua del Carme i s'hi va acostar per dir-li *merci, merci*, però se'l veia molt enfeinat controlant el carnet d'un periodista i el va saludar de lluny com si ja fos de la casa. No li va costar gaire trobar el gran saló on havia tingut lloc la recepció del dia anterior. Ara ja no hi havia cadires i de tant en tant secretàries o conserges sortien i entraven de les portes del costat. Rachid va decidir esperar a què tard o d'hora aparegués el president. Es faria el trobadís i, tot seguit, li explicaria el seu problema.

Aviat, però, va tornar a sentir la sensació que ja havia tingut durant l'esmorzar. Era evident que els guàrdies i les secretàries l'havien reconegut i ara, entre tots, buscaven el president per dir-li que el senyor de la foto ja havia arribat i que l'estava esperant. Una vegada més Rachid va haver de pensar que mai en la seva vida no s'havia sentit tan ben tractat com en aquella ciutat.

Va sentir passes darrera seu i una tos. En girar-se no va veure ningú. Un nou estossec que venia de les rajoles el va fer adonar de la presència d'un home de galtes ombrejades per una barba implacable i una mirada de filaberquí sota les celles boscoses. Algú important, sens dubte.

—El president no hi és —deia. I Rachid:

—*Pardon?*

—Encara no ha arribat però segur que estarà encantat de parlar amb vostè. Mentrestant, li sembla que visitem el palau?

No hi ha res més semblant a un paó reial que una institució pública: lents, feixucs, tibats i bonics i la necessitat més que biològica d'omplir-se el pap més del que caldria.

Quan el poder no sap què fer sempre ensenya les plomes perquè la gent l'admiri. Anaven passejant per entre les pedres gòtiques i la xerrameca de l'homenet només es veia interrompuda de tant en tant per ordenances que li atançaven papers per firmar i pels comentaris monocords de Rachid a les explicacions històriques. *Très intéressant, oui, très intéressant.* I l'altre, esperonat per aquell devessall d'interès, continuava posant paraules allà on només hi havia columnes i graonades.

—Miri, veu? Aquesta paret anirà a terra perquè ja no hi cabem. El despatx del president s'ha fet petit. Fixi's bé: darrera d'aquest parament de fusta hi ha aquest ascensor petit que serveix perquè el president pugi del pati. L'hem instal·lat fa poc.

—*Très intéressant...*

—I aquí, veu? Aquí estem instal·lant una cambra d'entrenament per l'oposició. El líder de l'oposició parla molt a poc a poc i el president s'hi adormia. D'ara endavant, quan el líder arribi, el deixarem una estona en aquesta cambra davant d'una efígie en cera del president que va fent que sí amb el cap. Així l'oposició s'entrena i no es desmoralitza abans d'entrar, sap?

—*Oui, oui, très intéressant, bien sûr.*

Rachid va pensar que potser aquell homenet era el veritable amo de la casa i que el president n'era simplement un llogater il·lustre que cada matí arribava amb el seu cotxe, pujava en aquell ascensor i en arribar a dalt el sortia a rebre aquell senyor encara amb pijama i li deia «Bon dia. Li preparo un cafè amb llet?». I el president deia que sí i tots dos, majordom i senyor, comentaven les feines de la casa, els rosers que caldria podar, les visites que rebria l'un o l'altre, el preu dels llobarros a la plaça i la necessitat de demanar més diners al banc central perquè ja no els hi arribaven.

Mentre Rachid s'entretenia imaginant-los va sonar un timbre al costat de l'ascensor. L'amable majordom va posar-se de puntetes, va despenjar l'aparell i immediatament va encendre's una llumeta indicant que algú pujava.

—És ella.

I aquella comunicació estava carregada de misteri sobreentès, com si Rachid fos un hoste selecte de la casa i l'advertència el comminés a reforçar encara més el posat de respecte. «Ella» ho devia merèixer.

Va obrir-se la porta de l'ascensor i Rachid només va veure un gran ram de roses roges. «La florista», va pensar. I, acostumat com estava darrerament a parlar només amb gent important, va sentir una petita decepció. Era una dona d'edat mitjana amb uns ullets brillants que il·luminaven la cambra. Va deixar el ram damunt la taula, va treure el ram antic que ja començava a pansir-se i amb el dit va aprofitar per comprovar la pols de les motllures. Es bellugava amb la precisió de qui coneix més el detall que les grans dimensions de les coses i la seva silueta, des del pentinat recollit fins al mateix vestit sastre, delatava un capteniment semblant al de les monges exclaustrades. Ara parlava amb el majordom amb la complicitat dels subalterns ennoblits. Li explicava que el seu marit s'havia quedat adormit i que aviat arribaria. Rachid va pensar que el marit de la florista també devia ser un empleat de la casa, potser l'operari encarregat de fer anar el mecanisme del president de cera. Però el majordom era tan bon home que ni va arrufar el nas ni va fer cap posat d'enuig pel retard. Rachid va pensar que li agradaria treballar en aquella casa, on les floristes es passejaven pels ascensors privats del president i els lacais s'adormien i a tothom li semblava bé.

De sobte ella es va girar cap a Rachid i el va saludar efusivament. El to era absolutament diferent. Li tornava a dir que el seu marit arribaria tard però li pregava paciència en l'espera. L'havia vist a la fotografia del diari i havia quedat molt bé. Sorprès, Rachid anava a mormolar el seu habitual *merci, merci* a la gentil empleada quan la veu del seu amic majordom el va treure de dubtes.

—*Madame* és la senyora del president.

Del fons del vestit del seu pare va sortir aleshores el millor Rachid. S'inclinà reverencialment, s'acostà la mà de la senyora als llavis i, sense tocar-la, va retenir-la entre la seva uns instants més del necessari. La mirava amb el sol del desert als ulls i li va semblar fins i tot que ella s'enrojolava una mica. Continuava mirant-la fit a fit, des de la seva alçada de berber alimentat amb llet francesa. El majordom havia sortit un moment i el silenci entre tots dos s'havia fet bonic i perillós com la quietud de les cingleres. Quin estrany magnetisme podien generar les nines infinites de Rachid perquè les dones, madures o tendres, acabessin aclofant el cap sota les seves parpelles? Rachid veia allà a la presidenta, descobrint de sobte que hi havia un fil blanc a la solapa del vestit del seu pare. Ella s'hi va acostar i li va treure amb un gest tan quotidià com ambigu, que tant podia ser entès com una prova de perfeccionisme maternal com l'irresistible tropisme del contacte. Callaven, i feia massa estona que ho feien. Es va sentir el soroll d'una rosa pansida caient sobre la taula i aquest senyal va ser suficient perquè la senyora tornés a desplegar una activitat frenètica per la cambra, arrenglerant les cadires, repassant els cendrers i obrint els porticons que donaven al carrer.

La llum d'un sol esbiaixat devia suggerir-li la idea, perquè tot d'una la presidenta va dir:

—Mentre no arriba el meu marit, què li semblaria anar a visitar la catedral? És aquí mateix. La coneix, la catedral?

—*Mais non. Très intéressant, bien sûr.*

Les portes de l'ascensor que els havia de menar a la planta baixa van obrir-se. Rachid va fer pas a la senyora. Ella va pitjar el botó. Les portes van tornar-se a tancar. Es miraven i somreien. Rachid, amb el somriure de catàleg. Ella, amb el d'una vivència adolescent potser, conservada en els últims recambrons de la memòria, abans del protocol i les conxorxes. Al despatx del president una fletxa lluminosa indicava la direcció de l'infern.

El president havia dormit malament aquella nit. Se li veia a la cara i en el cop de la portella del cotxe oficial que va fer ressonar la volta de la planta baixa del palau. El seu fidel secretari, a qui Rachid havia près feia uns instant pel majordom, l'esperava assegut al cos de guàrdia. Tan bon punt el xofer va parar el motor, el secretari va baixar de la cadira i s'atansà al president i els dos homes s'adreçaren a la porta del nou ascensor privat que ara baixava. Efectivament, havia dormit molt malament. La televisió havia emès una entrevista amb l'alcalde de la ciutat, un home desagradable i pervers, sempre vestit amb xandall, que només aspirava a prendre-li el lloc. L'alcalde acabava de tornar d'un viatge oficial a la República del Faralà i la confederació de les illes Pitipusi en una campanya de promoció turística i industrial de la ciutat i havia tingut la barra d'anunciar la imminent arribada de capital faralenc i la instal·lació de mitja dotzena d'indústries al terme municipal. El president i el secretari encara recordaven el seu viatge a Faralà tres mesos abans. Havien establert convenis per l'edició del diccionari català-faralès, s'havien intercanviat banderins i havien parlat amb sis grans conreadors de cocos i de la possibilitat que distribuïssin el seu producte per totes les festes majors del país.

—Te n'adones? Són els mateixos amb qui tu i jo vam connectar. I ara aquest poca-vergonya va, segueix les nostres passes, parla amb els cocotaires i surt a la televisió dient que sis empreses estrangeres invertiran gràcies a ell.

El president va prémer el botó de l'ascensor amb ira. El secretari també ho trobava lamentable i també va prémer inútilment l'ascensor. Aquest alcalde aprenia massa de pressa. I pitjor encara que els cocos era que havia anunciat que la ciutat invitava un eminent arquitecte faralenc a dissenyar una plaça cèntrica. La dèria arquitectònica de l'alcalde treia de polleguera el president. Aplicat a l'arquitectura, la paraula «eminent» feia témer el pitjor. El dia començava malament a palau.

—Per cert, ha vingut la meva dona?

—L'he deixat al despatx amb el teu amic.

El secretari mai no havia dubtat de l'amistat que devia unir Rachid amb el president. Ningú a la ciutat no ho dubtava davant una fotografia tan fraternal com la que havien publicat tots els diaris aquell matí. Per la seva banda, el president tampoc no va donar cap importància a l'amic del despatx.

Els presidents sempre tenen algun amic del qual no cal dir el nom. Per això ningú va fer més preguntes i el president va pensar que si el tal amic estava amb la seva dona, senyal que era de confiança.

—Que pugi algú al despatx a veure si l'ascensor té alguna porta oberta!

El secretari manava amb la mateixa naturalitat amb què respirava. Per fer temps repassaven l'agenda del dia. Precisament mitja hora després el president havia de visitar les obres d'una important zona esportiva acompanyat d'un grup de diputats de regions oprimides dels països mediterranis. Havia d'afanyar-se perquè l'espia que el secretari tenia infiltrat a l'alcaldia informava que l'alcalde pensava anar mitja hora més tard a fer la mateixa visita amb un altre grup.

—Un grup de què? —va dir el president.

—D'inversors estrangers i d'arquitectes, com sempre.

El president anava a dir-ne alguna de grossa quan de sobte una campana eixordadora va començar a sonar. Sonava tan fort que fins i tot la conversa era impossible. Van sortir els guàrdies armats de les seves dependències, la gent del carrer s'acumulava a la porta i un parell de fotògrafs van disparar els seus primers *flashs* a la parella que formaven el president i el secretari.

—President! És l'alarma de l'ascensor. Deu haver-hi algú tancat a dintre.

—President! Al seu despatx no hi ha ningú.

—President! Els diputats de les regions oprimides acaben d'arribar.

—President! Sóc Calfred, de l'agència XIST: és veritat que l'ascensor ha estat instal·lat per una empresa de Madrid?

Van trigar una hora llarga a despenjar la cabina. Després uns operaris forçuts armats d'alçaprems van aconseguir obrir la porta. El llampec de cinquanta càmeres fotogràfiques va ser el primer que va entrar a la petita gàbia. Ni la presidenta ni el seu acompanyant van fer el més petit comentari. Ella, correctament botonada i pentinada, somreia com una cariàtide acabada de fugir de l'Erectèon. Rachid, alt i bru, passejava la seva joventut insolent entre els micròfons i deia *merci, merci* com gairebé sempre. Va acostar-se al president i el va abraçar com només ho fan els vells amics i li va semblar que no el reconeixia i li va saber greu. Però el cotxe oficial tenia el motor en marxa i a les regions oprimides ja feia estona que se les veia deprimides per la llarga espera. Tots els periodistes s'abraonaven sobre aquell desconegut de pell d'oliva i començaven a fer-li preguntes, innocentes no era ben bé la paraula. La tinta dels bolígrafs començava a fer tuf d'escàndol. El president, que ja era dintre el cotxe, va sortir d'una revolada i va cridar enmig de tothom:

—En! vostè! *Monsieur*: Pugi amb nosaltres que parlarem.

El secretari encara va tenir temps d'acostar-s'hi per dir:

—Estàs nerviós. Calma't. Has cridat massa fort i se n'han adonat. Fes alguna cosa i controla la situació.

Aleshores, per compensar, el president va tornar a abraçar Rachid davant de tothom, amb el somriure de les inauguracions. I Rachid va recuperar l'alegria de saber que continuava tenint-lo com a amic. I endut per l'emoció va fer-li dos petons, un a cada galta, que és com se saluden els amics de veritat allà a les muntanyes de l'Atles. I el cotxe, finalment, va arrencar deixant rera seu un polsim de fotografies impossibles.

És sabut que els cotxes oficials es diferencien dels cotxes seglars per la bandereta enrotllada que trempa sobre un dels parafangs. Això vistos des de fora. Des de dins un cotxe oficial té l'entapissat i el silenci dels vehicles mortuoris. Potser per això, i perquè el xofer i l'escorta no eren prou de la confiança del president, el viatge fins a l'estadi en construcció va revestir la quietud dels sepulcres. Només de tant en tant la senyora del president, atenta i servicial com mana el codi i recuperada de l'hora llarga a l'ascensor, s'adreçava a Rachid indicant-li els monuments més importants per on passava i ell, amatent, anava responent amb aquell *très intéressant* que tant l'afavoria.

La visita al gran estadi que havia de ser enveja del món i receptacle de la glòria atlètica va estar presidida per la confusió. L'incident de l'ascensor havia demorat la visita dels diputats de les regions oprimides dels països mediterranis i ara coincidien amb l'alcalde i la seva comitiva d'inversors estrangers i d'arquitectes. Només arribar a la tribuna el president va respirar alleugerit en veure que el seu adversari es trobava a la tribuna del davant. Els dos grups seguien les indicacions dels seus respectius amfitrions i tot eren dits que assenyalaven ara a la dreta, ara a l'esquerra, i cares que seguien l'itinerari virtual dels dits. El minuet institucional va continuar durant una bona estona, ara estaven els uns a la porteria sud i els altres a la porteria nord, ara donaven la volta d'honor a l'estadi mantenint sempre la distància màxima. La comitiva municipal es va perdre per uns vestuaris i, quan el president ja pensava que finalment perdria de vista l'alcalde i la seva colla, van tornar a aparèixer allà al davant mateix, just en la línia de sortida de les proves atlètiques.

Van haver de saludar-se. L'alcalde va encaixar amb les regions oprimides i el president amb els inversors estrangers (els arquitectes mentrestant s'havien perdut pel formigó). De sobte tots dos semblaven de bon humor. Es donaven copets a la panxa i feien broma a la concurrència. L'un començava a explicar un acudit i l'altre el xafava dient: «Ja el sé. És aquell que acaba així i aixà.» En aquest bon ambient l'alcalde va adreçar-se al president amb un copet de colze al fetge i va dir-li en francès i en italià perquè els inversionistes i els arquitectes l'entenguessin:

—Què, president? Ara que som a l'estadi, fem una carrereta?

I el president, mentre li donava cops a l'espatlla amb l'anell punxegut cara endins, va contestar en eslovè i en cors, en deferència a les regions oprimides:

—És que m'he deixat el xandall.

Però Rachid feia estona que sentia una emoció a la pell. Des que havien entrat a l'estadi el cor se li havia eixamplat i ja es veia a ell, amb la samarreta vermella i verda del Marroc, corrent amb tota facilitat rera l'estela del gran Saïd Aouita. Per això quan va sentir que l'alcalde proposava donar una volta a la pista, Rachid Taleb va fer una passa endavant i va dir que d'acord, que a ell no li calia xandall per córrer. L'alcalde se'l va mirar un moment per identificar-lo. Tenia cara de regió oprimida però anava vestit com un inversor estranger i aquella mirada embadalida per la magnitud de l'estadi era pròpia d'un arquitecte. Finalment va recordar la fotografia dels diaris d'aquell matí, agafat de bracet amb el president. Devia ser un inversor estranger que se li havia escapat del seu programa d'actes i havia anat a veure el president per lliure. En tot cas algú de confiança i que tenia ganes de córrer. Doncs correria. Als electors els agrada la gent esportiva. Es posaria el xandall blanc i, amb bona sort, sempre hi hauria un fotògraf que recolliria el moment de l'alcalde triomfant i del president assegut i obligat per cortesia a aplaudir-lo.

—Vingui amb mi, *monsieur*. Anem als vestuaris. Li van bé quatre-cents metres?

La cursa hauria pogut ser ràpida. Tan ràpida com hagués volgut Rachid. El tartà vermell el tibava i va fer una sortida vertiginosa pel carrer interior. Sentia els aplaudiments d'aquell estrany públic enardit per la insòlita cursa i, incomprensiblement, va pensar en la noia dels coloms, la seva Clara, que ara devia estar en algun lloc d'aquella ciutat sense ni imaginar-se que ell anava corrent cap a la glòria efímera de la seva primera cursa a l'estranger. Se sentia tan lleuger, tan feliç, que tot en ell era velocitat i pista per córrer. Ja havia fet els primers dos-cents metres i en vint-i-quatre segons havia oblidat qui era i què hi feia allà. Darrera seu s'allunyaven els esbufecs de l'alcalde i, a la meitat del recorregut, quan corrien davant la tribuna deserta i ningú no els podia sentir, Rachid va entendre que l'alcalde li deia que prou, prou, que no corrés tant. L'implorava:

—*S'il vous plaît.*

Li va estranyar aquell prec. Potser l'home es trobava malament i la cosa es complicava. Amb un fil de veu l'alcalde insistia:

—*S'il vous plaît. Ralentissez, mon ami...*

I Rachid, que en el seu fons creia que la victòria fa a la gent dolenta i que si no s'és generós es perden els amics, va anar afluixant el pas a l'última curva, va deixar que els braços pengessin com si estigués acabant les forces i, quan la ranera de l'alcalde va passar pel seu costat, ell va limitar-se a seguir-lo mig metre més enrera i a entrar, fresc com una rosa, en segona posició. Per fer el servei més complet encara va agafar el canell del seu contrincant i el va alçar com reconeixent la victòria. A les grades, tothom aplaudia. L'alcalde estava content. A l'arribada havia comptabilitzat tres fotògrafs i una televisió. L'esforç havia valgut la pena.

Després, sota les dutxes, mentre es passaven el sabó i les tovalloles, l'alcalde va acostar-se-li i amb la confiança que només es troba en els vestuaris li va dir:

—*Merci*.

Rachid va recordar que feia molts anys que ningú no li donava les gràcies d'aquella manera. I va pensar que el poder, en el fons, no és res més que saber que algú t'està agraït i et deu alguna cosa.

Aquella nit a casa la senyora Rosa va haver-hi festa grossa. Rachid explicava als seus companys de pis allò que se sent donant peixet a tot un alcalde i tots se l'escoltaven embadalits. Saad i Alí havien penjat la fotografia del diari, en la que Rachid anava de bracet amb el president, a la paret del menjador i seguien amb interès com el seu compatriota s'havia assegut a la dreta de la primera autoritat de la ciutat, com es podia fer cara d'inversionista estranger i com, en acabar l'àpat, s'havia adreçat al cap dels cambrers i havia demanat que li fessin un gran paquet amb totes les coses sobreres. Hi ha actes insòlits que demanen un miracle. I el miracle es va complir quan, al cap d'una estona, amb tota discreció i naturalitat, el mateix cap de cambrers li va anunciar que el paquet ja era a punt i que el xofer de l'alcalde se'n faria càrrec i l'acompanyaria, a ell i al paquet, fins allà on calgués.

En la seva narració Rachid va estalviar la llarga passejada que els dos homes havien fet per uns jardins solitaris en havent dinat. Se'l veia amb ganes de parlar, a l'alcalde, i a Rachid li era comodíssim seguir-lo fent capcinades d'enteniment. Darrera aquelles faccions de caricatura també s'hi entreveia un bon home. La cursa del matí l'havia dut fins a la confidència i, quan has compartit la dutxa amb el poder, no hi ha ningú dolent. Acabava de tornar d'un viatge per Faralà, les Pitipusi i el Japó i venia enlluernat per la robòtica. Havia estat mai al Japó? I Rachid havia dit que no, però que devia ser *très intéressant*. «Vostè ho ha dit: interessantíssim, el Japó.» I entre elogis compartits lloant l'extrem interès de l'Extrem Orient, l'alcalde li havia dit:

—Si vostè és, com jo, un admirador del Japó, demà hi ha una òpera que no es pot perdre. Li agradaria veure *Madame Butterfly*? La meva dona no pot venir i un alcalde sol fa de mal portar.

—*Oh! Merci!* —li havia dit Rachid.

—Fet. Demà passi'm a recollir per l'alcaldia. A les nou. És sessió de gala, entén?

Mentre explicava això, a la senyora Rosa li van començar a caure les llàgrimes. Recordava la seva joventut de liceista constant, quan les coses li anaven bé i l'òpera era una catedral d'aigua, una simfonia de fru-frus d'enagos, d'americanes blanques i corbatins de vellut. Amb veu trencadissa evocava els amors de llotja, les carícies fetes amb el peu sota la taula del Cercle, la mà desconeguda que, en la foscor de les àries, cercava pell entre el *lamé* i la seda. A poc a poc, la degana de la reunió va anar refent-se i de l'evocació nostàlgica va anar passant al vodevil xaró. El pintor de figuretes de pessebre no parava de riure i l'ex-boxejador catòlic i practicant no donava l'abast d'acabar-se el xampany que Alí i Saad havien obtingut feia un parell d'hores rebentant la portella d'un magatzem de begudes. A la matinada, quan la gresca encara continuava, el transvestit suplent va arribar a casa amb les celles encara pintades i va abraonar-se sobre els pastissets de caviar i les últimes croquetes que quedaven del botí de l'alcalde. Tornaven a aixecar-se les copes i tothom brindava per Rachid i pel seu èxit l'endemà a l'òpera.

—Però sessió de gala vol dir que has d'anar amb esmòquing. I d'això no en tens —deia la senyora Rosa com una marassa de joveneta debutant. Però Alí va tranquil·litzar-la. L'endemà el seu amic aniria al Liceu amb esmòquing. No faltaria sinó.

Feia temps que Rachid buscava una família i no la trobava. Ara la veia, en aquella espontaneïtat dels desheretats a qui encara resta un trosset de futur a la nevera. Potser eren aquelles les millors persones de la ciutat. Se'ls mirava un a un i s'entendria: el ferroviari invàlid, envoltat de nens Jesús i caganers de fang i que es passava el dia pintant de vermell la barretina i d'un marró claret la cagarada; l'ex-boxejador místic, que després de la missa de vuit anava a la platja, amunt i avall i amunt i avall, a l'espera que el mar li tornés allò que d'altres havien llençat per les aigüeres; la cambrera del gran hotel, amb l'esquena esquinçada de tants llits que havia de fer i, a vegades, de desfer si l'oferta interessava; la senyora dels urinaris, que entretenia la vigilància de les bufetes àvides amb les agulles d'una mitja prodigiosa; el guitarrista de *tablao*, que intentava desesperadament que la guitarra no es convertís en un *atrezzo* de la pena; la senyora que venia cigarrets un a un, i preservatius a dotzenes i loteria en dècims des de la seva tauleta menuda a l'andana càlida d'un metro; el transvestit suplent, que havia après a fer bicicletes de filferro i que les venia en algunes botigues de la costa; i, finalment, Saad i Alí, aquella mena de Robin Hoods que algun dia no vindrien a sopar i la senyora Rosa ja sabria que a partir d'aquell moment hauria de fer arribar els cigrons a la presó un cop a la setmana com a mínim. Tots ells treballaven amb les mans i això els unia. Tots menys Rachid, que potser no treballava i que començava a dubtar si ara que havia conegut gent tan important el treball manual no li provaria.

Anava a ficar-se al llit quan va recordar el rostre il·luminat de Clara, que dos dies després l'esperaria a la Galeria Mec i a qui li confessaria tota la veritat, perquè no hi ha res tan destructiu per l'amor com una mentida oblidada al rebedor de les il·lusions. Havia pensat «amor» i no s'havia hagut d'anar a rentar la imaginació a corre-cuita. Probablement estimava Clara. Tota la ciutat tenia empremtes del seu pas aquella tarda que van fugir del museu per visitar-se mútuament. L'avinguda amb flors era per Rachid «el carrer del comiat de Clara»; el monument prop del port s'havia convertit en «la plaça de la mà de Clara indicant allà on li hauria agradat anar de vacances»; i totes les barques d'aquella mar captiva es deien Clara i anaven fins als «esculls on Clara va menjar un XupaXup» i tornaven per la «carretera de Clara corrent i dient: a que no m'atrapes».

Mentre Rachid evocava les corredisses d'aquella tarda va recordar que l'alcalde li havia deixat un xandall per córrer i va pensar que el més correcte era rentar-lo i que l'endemà, abans d'anar al Liceu, li tornaria.

Però algú s'havia fet càrrec dels seus problemes una vegada més en aquells dos dies que duia a la ciutat. Al cap i a la fi, les famílies són per aquestes coses. Algú entrava ara a la seva cambra. Al davant, un gat inquiet que tot ho ensumava:

—Dóna'm aquesta roba, fill. Ja te la rentaré jo i demà la podràs tornar a aquest senyor neta i planxada.

La senyora Rosa li va fer un petó al front i Rachid va sentir sobre les parpelles un oceà de llàgrimes en plena maregassa. Se sentia feliç i no en sabia.

El dia anterior havia estat molt important pels diaris de la ciutat. Es veia per la qualitat de les notícies que enlluernaven els adormits ciutadans del metro i de les avingudes:

«L'alcalde dóna exemple i arriba primer als 400 metres llisos».

«La senyora del president atrapada a l'ascensor amb un amic de la família».

(*Diari de la Ciutat*, tendència municipalista)

«Madrid interfereix els ascensors de palau».

«L'alcalde s'entrena per fugir del país».

(*Diari AI! UI!*, governamental tendència lament)

L'endemà el va despertar el soroll del paper caient damunt les rajoles. No era un paper qualsevol. Semblava un paper pesant, carregat de tinta potser encara humida. Era el soroll de les lletres en esberlar-se contra la realitat de les coses. Rachid va obrir els ulls i va trobar-se al costat del coixí una pila de diaris diferents. En tots i a la primera plana, ell, ja fos a l'ascensor amb la presidenta o creuant la línia d'arribada darrera l'alcalde. Es va despertar de cop i va pensar que tenia tot el dia per endavant abans d'anar a l'òpera. Va comptar els diners que li quedaven. Poquets, però sabia que no li caldrien. N'hauria demanat a l'Alí o a en Saad, però la gresca de la nit anterior els havia deixat baldats i això volia dir que no havien treballat i que la pila de diners i rellotges aquell matí no hi era.

Va voler sortir amb la roba que duia quan havia arribat feia dos dies. El xandall de l'alcalde ja estava planxat i net i va decidir portar-lo en persona. Acostumat a les mirades dels vianants, Rachid s'havia fet a la idea de la popularitat. Però, incomprensiblement, ningú no es girava. Va travessar la gran avinguda arbrada on hi havia el teatre de l'òpera i a l'altra banda no el va reconèixer ningú. Un guàrdia urbà davant l'ajuntament li va barrar el pas i, quan Rachid va dir que aquell paquet era pel senyor alcalde i que ell era molt amic seu, el guàrdia se'l va treure del damunt de mala manera i ni tan sols li va permetre entrar a l'edifici. El mateix va passar al palau del president, i en una cafeteria fins i tot li van arribar a dir que de cafè per a ell no en tenien.

Amb l'angoixa parisenca que anava rebrostant dintre seu, Rachid va tornar a casa la senyora Rosa, va vestir-se altra vegada amb la roba de feina, va tornar a passejar pels carrers i encara va tenir temps d'entrar a dos còctels oficials: un amb motiu d'un congrés internacional d'apuntadors de teatre i l'altre era l'acte de lliurament de les llicències per conduir telefèrics. Del primer va triar una safata de canapès de gambes i uns deliciosos *roll-mops* de salmó. Dels telefèrics no se salvava gran cosa, però les anxoves amb pa amb tomàquet i les tòpiques però sempre imprescindibles croquetes van ser molt celebrades a l'hora de dinar.

Després tot va ser molt casolà. Va fregar plats i per acabar la sessió completa va haver d'escoltar mitja hora de la vida de la senyora Rosa, nerviosa com una núvia per l'anada de Rachid al Liceu. Va sentir que el noi estossegava i la senyora Rosa va donar-li una capsa de pastilles contra la tos. No era de bon gust posar-se a estossegar a l'òpera. Que les guardés, que li anirien bé. Així ho va fer. I s'acostà al llit i va dormir una migdiada de nadó. En desvetllar-se ja era de nit i sobre el llit de l'Alí un esmòquing llampant amb camisa encrespada i corbatí de seda l'estava esperant per la gran nit. Mentre se'l posava, Rachid va notar que encara estava calent, i pensava que en algun lloc de la ciutat hi havia un senyor amb samarreta intentant escatir si era més desagradable la vergonya que la por.

L'aspecte de Rachid era tan impressionant i li quedava tan lluny l'ajuntament que la senyora Rosa va obligar Saad i Alí que l'escortessin fins a la gran avinguda i que allà el fiquessin dintre d'un taxi, no fos cas que algun malintencionat decidís robar-li el vestit que tan dignament portava. Saad i Alí van haver de convenir que la senyora Rosa tenia raó i que calia evitar que l'esmòquing canviés d'amo per tercera vegada en poques hores. Va ser així com Rachid arribà a la seva cita amb l'alcalde a bord d'un taxi. L'esperava a la porta i se'l veia eufòric. Pel camí del teatre no va parar de parlar sobre els seus rècords esportius, com si la derrota de l'estadi li hagués deixat l'evidència que els anys ja no perdonen. Es planyia de les tiretes a les cames i de la panxeta oficial que comportava el càrrec. Poc després van fer la seva entrada sota les voltes del teatre. Va ser aleshores quan l'alcalde va pronunciar aquelles paraules enigmàtiques:

—No ens moguem d'aquí que ella deu estar a punt d'arribar.

Rachid va recordar que era així, amb el recurs d'aquell indefinit «ella», com en aquella ciutat parlaven de la senyora del president i va trobar normal que l'esperessin. Però aviat va comprovar que ella no era «ella». En aquell moment arribava la seva amiga de l'ascensor de bracet del president i tots dos s'instal·laven també allà al vestíbul amb la mirada llançada cap al carrer. Es van saludar mútuament amb una inclinació cortesa i Rachid, que mai no havia estat a l'òpera, va arribar a creure que aquella estona d'espera formava part dels bons usos i costums de la lírica. Al capdavall, és que hi havia algú més important en aquella ciutat que els dos personatges que l'honraven amb la seva amistat?

De sobte un moviment neguitós, seguit d'un murmuri, va sacsejar el grup. L'alcalde va adreçar-se a Rachid en veu baixa:

—Miri. Ella ja és aquí.

La reina va baixar del seu vehicle, va saludar els uns i els altres i a Rachid li va dir hola amb la seva mà enguantada, i tots junts, ell sempre darrera l'alcalde i el president, van pujar una graonada de marbre, van arribar a la llotja reial i Rachid, convençut que el seu deure era no separar-se del seu amfitrió, va romandre allà en tercer terme, dret en la foscor de la llotja com un digne protector de tantes espatlles il·lustres. I digne com se'l veia, ningú no li va dir res i tothom va creure que Rachid es trobava perfectament en el seu lloc.

El teatre era, en efecte, impressionant. Ple com un estadi olímpic i bonic com totes les multituds pacífiques. A l'escenari cantaven una senyora enorme i un noi que no feia gaire bona cara. A l'entreacte tots van sortir a una sala carregada de miralls. La presència d'«Ella» feia que ningú se li adrecés i això era realment còmode. La reina saludava a tort i a dret i al president se'l veia neguitós, com si busqués algú que havia de ser-hi i que no trobava. Feia ullades nervioses al rellotge i a la graonada. Del sòcol de la sala Rachid va sentir la veu del secretari del president que li deia:

—Està preocupat perquè el conseller de cultura encara no ha arribat i la reina ha preguntat per ell.

I just en el moment en què tots tornaven a la llotja, quan la gran dama ja tornava a estar asseguda, van sentir-se les passes excitades d'un home pintorescament mudat. Duia el vestit malgirbat i el corbatí tort i demanava excuses a un president cada cop més enutjat amb aquell conseller. S'esbroncaven en veu baixa mentre l'orquestra atacava el segon acte:

—No és culpa meva, president. Venia cap aquí caminant tot xino-xano i a la cantonada un parell de moros m'han amenaçat amb un ganivet i m'han deixat en calçotets. He hagut d'entrar en un restaurant i el *maître* m'ha deixat el seu uniforme...

—L'uniforme i les llànties —va remarcar el president— Au va, vagi-se'n a casa i ja l'excusaré davant Sa Majestat. I demà ja en parlarem, vostè i jo, d'això dels moros.

El xxxxssssst reial va fer enrojolar tots els presents. Tothom va tornar al seu lloc i el conseller, allà dret i abandonat de la solidaritat de tothom, es lamentava davant de Rachid: «Un esmòquing preciós. Igual que aquest que duu vostè. Quina ràbia!» I Rachid, comprensiu, el consolava i deia *très intéressant. Désolé.* I el conseller li ho agraïa.

Els minuts passaven lents mentre allà baix la japonesa enorme es planyia de la seva sort. Un estossec va afegir-se a la música. No era un estossec normal, d'aquells que poden conjurarse amb una mirada de reconvenció. Es tractava d'un autèntic atac de tos protagonitzat per la humaníssima gola de la reina. Ningú no sabia què fer. El president dubtava si donar-li uns copets a l'esquena tot dient-li Sant Pau, però no gosava. La presidenta li allargava senzillament un mocador. El director d'orquestra va donar més gas a la secció de vent sense sospitar des del seu forat l'altíssima provinença d'aquella tos intrusa. Va ser aleshores quan Rachid recordà les píndoles i els consells que li havia donat la saviesa operística de la senyora Rosa. Va deixar lliscar la seva mà de serp per entre la foscor de la llotja com un enamorat clandestí i, en trobar la mà de Sa Majestat, va dipositar-hi la capseta miraculosa. La tos va cessar i fins i tot va semblar que el noi vestit de capità mercant que cantava allà a l'escena havia recuperat el color i l'optimisme.

Després, al final de tot, quan els aplaudiments es repartien a parts iguals entre els artistes i la selecta espectadora, es van encendre els llums i la reina, amb la capseta de Juanola a la mà, va preguntar qui havia estat el benefactor del seu coll i de la música. Rachid va avançar unes passes i es va inclinar davant la senyora. Ella va trobar molt oportú aquell sistema i va assegurar-li que mai més no aniria a l'òpera sense una capseta com aquella. Ell li va dir que se la podia quedar com a record. I la reina, «no, no, de cap manera. És seva». Estenia la mà reial perquè Rachid l'agafés quan, de sobte, un esmòquing arrugat que bé hauria pogut ser el conseller de cultura va donar una empenta al president, aquest va recolzar-se en l'alcalde i l'alcalde va tocar la capsa de píndoles negres i totes van anar per terra. Confusos per l'incident, l'alcalde i el president van ajupir-se a collir les «juanoles» de terra. La reina ni s'hi va fixar, va estendre el braç perquè algú l'ajudés a baixar les escales i Rachid, amb la serenitat dels cavallers del desert, va començar a baixar la graonada, com qui obre un vals, amb la mà de la il·lustre senyora sobre la seva. Allà al darrera, el poder bicèfal d'aquella ciutat continuava agenollat com dues criatures competint per veure qui arreplegava més «juanoles» de la moqueta. Va ser aleshores quan algú, una vegada més, va immortalitzar Rachid amb una fotografia. Potser perquè els diaris ja s'havien acostumat a posar Rachid a la portada, com qui posa el resultat del futbol i el número dels cecs i el de la loteria i totes aquestes coses que són degudes a l'atzar meravellós de la condició humana.

Mentre ella es despedia de les autoritats legítimes, Rachid contemplava la reina des d'un segon pla. Un cotxe immens se la va endur en la nit i un últim gest de comiat va sortir de la finestrella només per ell. Rachid s'encarinyava de les persones i li va saber greu que la graonada fos tan curta. Havia començat a intuïr en aquella mà gràcil que s'arrepenjava en la seva un batec de tranquil·litat per haver de deixar l'òpera i Rachid va sentir-la tan estrangera com ell mateix. Envoltat de rostres admirats, Rachid s'havia convertit en el triomfador de la nit. Ella li havia traspassat l'aura de la reialesa i Rachid, incapaç de fer altra cosa que mirar des de les alçades i callar, semblava un príncep urbà coneixedor de secrets que el poder democràtic mai no arribaria a entendre. Anava entomant els copets a l'esquena que alcaldes i presidents li donaven com si la seva presència ja fos imprescindible, però ell ni se'n sentia. Ara el seu record era per la noia del primer dia, la seva Clara. Tantes dones i tan importants no li havien fet oblidar la cita que l'havia retingut en aquella ciutat durant tres dies. Havia arribat sense res i ara, tot i continuar sense res, començava a tenir por de perdre alguna cosa. I la por de perdre fa la gent esquerpa i desconfiada. I la gent ja no s'enamora perquè sí si no a canvi de.

Ni va adonar-se que tant l'alcalde com el president insistien que tornés a casa amb els seus cotxes. Els va respondre amb una estranya malenconia i va refusar la seva companyia com qui s'espolsa una nosa i la gent va entendre que aquell personatge que es permetia aquell gest havia de ser algú encara més important del que semblava.

Va ser aleshores quan va sentir el seu nom de veritat i els va veure a tots allà davant de l'òpera: el Saad i l'Alí, el pessebrista invàlid, l'ex-boxejador i el transvestit, la senyora dels cigarrets un a un i el guitarrista flamenc, i la senyora Rosa, allà al mig, contemplant-lo amb ulls plorosos després d'haver-lo vist baixar del primer pis acompanyat de la reina. I Rachid va creuar el carrer, els va abraçar a tots i l'estranya comitiva s'endinsà pels carrers estrets que feien de teló de fons de l'opulència. Un guàrdia se li va acostar amb la mà a la gorra:

—Algun problema, senyor?

—*Avec mes amis, pas de problème.*

I tots reien a cor què vols amb l'alegria dels justos.

L'endemà Rachid sabia que el joc havia acabat. Fins aleshores els miracles li havien caigut al damunt sense demanar-los, però aquella tarda, quan faltaven tants pocs minuts per retrobar Clara, sabia que hauria de guanyar-s'ho tot per ell mateix. Res no tenia la dificultat del primer dia. A la galeria Mec hi eren tots els de la colla oficial, l'alcalde, el president, la presidenta, el secretari, fins i tot el *maître* que s'havia mostrat tan comprensiu fent-li el paquet amb els canapès sobrants era allí i el saludava:

—Què li sembla la parada? Li aparto alguna cosa per després i així no caldrà que s'esperi?

Però Rachid s'havia fet gran i ja no l'emocionava l'acumulació picaresca de croquetes. Algú li va posar una copa a la mà i va deixar-se endur per la munió badoca. S'aturaven davant quadres incomprensibles i feien que sí amb el cap i deien que no amb les paraules i així deixaven contents a entusiastes i a crítics. Tothom el cridava perquè donés la seva opinió de les pintures i ell, conscient que en aquella ciutat la millor manera de pujar era el silenci, se'ls mirava a tots amb la suficiència dels mestres i callava i atorgava com si la gramàtica fos una nosa per la comprensió de l'art.

Però Clara no venia.

Algú, des d'un micròfon, va començar a parlar de la personalitat de l'artista i els drings de xampany van emmudir uns instants. L'alcalde es va congratular de la mostra i el president encara més. Tots dos buscaven la mirada de Rachid allà a la primera filera i ell els feia capcinades de suport de la mateixa manera que devia fer-ho el president de cera per donar ànims a l'oposició. A vegades, només per divertir-se, perquè al cap i a la fi tampoc no els entenia, feia gestos de disgust i aleshores tant el president com l'alcalde començaven a vacil·lar i a entrebancar-se. Rachid havia perdut la innocència. Havia fet el tast del poder i els veia allà, absolutament hipnotitzats per un peó de la construcció amb ganes de córrer. Va pensar en el seu pare, fred i bategant entre el fang i la formigonera i per primera vegada en aquells tres dies es va sentir aclaparadorament sol.

Els aplaudiments van tornar a desfer el grup i tothom va canviar de lloc. Només aleshores la va tornar a veure. Es passejava amunt i avall de la sala intentant foradar la multitud. El buscava, i això va fer que Rachid s'emocionés de debò. Li semblava estar arribant a la fi d'una història impossible i tenia por que l'autènticament impossible encara estés per arribar. Era més maca encara del que havia recordat durant aquells tres dies. Ara l'havia segrestat un d'aquests voltors de galeria que van als còctels no tant per anar-hi com per haver-hi anat. Era evident que ella estava tan inquieta com Rachid. No escoltava el seu interlocutor i feia anar la mirada com una gavina a l'escull.

Quan es van veure no van acostar-se de cop. Ho van fer lentament, com els galls de brega. Ella l'havia conegut com un anònim i ara, també sense nom, era l'home més fotografiat de la ciutat. Del seu braç s'havien repenjat reines i consorts i ara el tenia allà com l'amo del món. La noia dubtava:

—Per què no m'ho havies dit? Qui ets?

Anava a contestar-li quan va sentir el braç del president que l'estirava.

—Vingui, *monsieur*, vostè que hi entén. Jo dic que aquest quadre és una bestiesa i que això ho podria fer el meu nét i l'alcalde discrepa.

—Amic meu, això és un Van Dongen exquisit. Hi estarà d'acord, oi, *monsieur*?

Rachid va observar el quadre, va mirar-los tots dos fit a fit, els va passar els braços per damunt les espatlles, mentre la gent callava, ell al mig i en silenci. I, finalment, va declamar:

—*Mes amis: rien n'est ce que ressemble.*

—Ho veu? —va dir el president.

—Ja ho deia jo —va afegir l'alcalde.

Però ella l'esperava amb la rialla oberta de qui ja ha entès totes les farses i se n'anaren plegats, assedegats de nit sota la nit, com si el cos de l'altre fos l'única cosa autèntica a la ciutat dels miratges.

Després, la vida va ser clara.

Epíleg

En l'actualitat el senyor Rachid Taleb és el vicepresident del comitè organitzador de la Documenta de Kassel, membre del consorci del Musée d'Orsay de París i consultor per Europa del Sud del Museum of Modern Art de Nova York. Controla igualment un conjunt de galeries que sota el nom de Clara Hidalgo, la seva dona, opera a les principals ciutats occidentals.

Rachid Taleb va debutar en el món de l'art d'una manera fulgurant. Ell, que havia arribat a la ciutat de les meravelles de forma accidental, va aconseguir el consens de les dues grans forces polítiques de la ciutat —tradicionalment enfrontades— per ocupar el càrrec de director d'una important fundació dedicada a la promoció i divulgació de l'art modern. En una sola nit, Rachid Taleb va mobilitzar els seus amics de pis i els va comminar a que taquessin, estripessin o afegissin tot allò que els semblés a un conjunt de teles que Alí i Saad van encarregar-se d'obtenir del magatzem d'un majorista. Les teles d'aquest nou art instantani, sorgit de les fondàries de la misèria, van ser promocionades intel·ligentment per un Rachid Taleb que s'havia convertit en l'oracle més indiscutit de l'art d'avantguarda. Cada dia arribaven al mercat nacional i internacional noves mostres del geni creatiu del que aviat va ser conegut com l'escola catalana. La senyora Rosa va fer-se càrrec de la direcció del taller i la producció de quadres va mantenir un ritme que, malgrat tot, no acabava de satisfer l'enorme demanda. D'aquest primer període destaquen les obres basades en trencadissa de figures de pessebre, les meravelloses marines mortes bastides usant oportunament materials recuperats del mar i uns apassionants relleus de tècnica mixta on s'intueix l'ús de pintura acrílica barrejada amb pasta de croqueta.

L'escola pictòrica fundada per Rachid Taleb ha merescut l'interès dels grans marxants del ram. Maeght té comprada una bona part de l'obra del pessebrista iconoclasta i el Sumitomo Bank ha fet una inversió de cent milions de dòlars només per adquirir peces pel seu fons d'art, un dels més importants del món en mans privades.

Del prestigi assolit per Taleb en donen fe els comentaris dels crítics mundials més importants:

«Taleb ha trobat l'autèntica hermenèutica de la claror i el buit.»

PATRICE MC GUFFIN, *Arts of the World*

«El significat de l'escola de Taleb és en el fons el significant i a l'inrevés. Senzillament genial.»

RIGOBERTO PISELLI, *Quaderni Cantamattini*

«Ens podem reconèixer en el ser-en-el-món de Taleb, però l'alteritat del mite i de la catarsi és senzillament d'una autohipnosi malèvola i actualíssima.»

FERDINAND CHOUCROUTE , *Le Courier de la broche grosse*

«Res no és res i tot és tot a l'Escola de Rachid Taleb. En altres paraules: la resitat i la totitat són la regla àurea dels intestins socials.»

KINAJETA TIU, *Tarari Chimpúm*

Però Rachid Taleb no es limita a ser un dels creadors més importants de la història de la pintura. Amb trenta anys, només, aquest filàntrop de la forma ha cedit una part important de l'obra de la seva escola a l'ajuntament i al govern autònom de la ciutat que li va donar la fama. En l'actualitat l'edifici que ha d'allotjar la col·lecció Taleb està molt avançat i les obres les dirigeix un eminent arquitecte vingut expressament de la República del Faralà, invitat conjuntament pel president i l'alcalde, autèntics promotors d'aquest inigualable geni dels nostres dies.

(Extracte de l'autobiografia inconclusa de Rachid i del programa de mà de l'antològica «Rachid Taleb et son temps», que restarà oberta durant sis mesos al nivell 5 del Centre Pompisdur de París).

Premi Pere Quart d'humor i sàtira 1987

Miquel Desclot
AUQUES I ESPANTALLS

Amb divertida agudesa, usant com a eina satírica uns versos tan vius com d'impecable qualitat, Miquel Desclot retrata els més diversos «tipus típics», si es pot dir així, que belluguen al nostre voltant —en el camp de la política, la cultura, la societat— i els contrapunta amb d'altres personatges que tenen carn i ossos, i nom, que li serveixen per a expressar la seva ironia i, també, els seus afectes.
A més del capítol de *Companyies*, del *Bestiari pocasolta* (que recull «Gent amb ista» i «Gent de ment») i del grup d'*Auques i espantalls*, Desclot hi inclou un *Jardí Botànic* que és una original col·lecció de breus i admirables interpretacions —iròniques i líriques— del món vegetal.

Edicions La campana, núm. 11

Joan Barril
ÀLBUM DE CROMOS
i 57 retrats

Aquest volum, tan ben rebut per la crítica, recull una selecció dels textos que Barril ha publicat al Diari de Barcelona i amb els quals ha obtingut el Premi Ciutat de Barcelona 1987.

Àlbum de cromos, que es pot dir que parla de tot amb un equilibri admirable entre la sensibilitat poètica i la refinada ironia, és una obra que destaca per la frescor de l'estil i la vivacitat. S'hi inclouen, a més, 57 retrats de personatges —d'Heribert Barrera a Ramon Trias Fargas, de Serrat a Raimon, de Reagan a Gorbatxov, de Madonna a Sabrina...— que són un prodigi d'agudesa i creativitat, modèlics «gravats a la ploma».

Edicions La campana, núm. 16